STELLA MARIS REZENDE

A valentia das personagens secundárias

STELLA MARIS REZENDE

A valentia das personagens secundárias

GLOBOLIVROS

Copyright © 2019 Editora Globo S.A.
Copyright © 2019 Stella Maris Rezende

Todos os direitos reservados. Nenhuma parte desta edição pode ser utilizada ou reproduzida — em qualquer meio ou forma, seja mecânico ou eletrônico, fotocópia, gravação etc. — nem apropriada ou estocada em sistema de banco de dados, sem a expressa autorização da editora.

Texto fixado conforme as regras do Acordo Ortográfico da Língua Portuguesa (Decreto Legislativo nº 54, de 1995).

Editor responsável **Lucas de Sena Lima**
Assistente editorial **Lara Berruezo**
Preparação de texto **Mariana Oliveira**
Revisão **Andressa Bezerra Corrêa**
Capa **Renata Zucchini Reschiliani**
Diagramação **Estúdio Versalete**
Projeto gráfico original **Laboratório Secreto**

CIP-BRASIL. CATALOGAÇÃO NA PUBLICAÇÃO
SINDICATO NACIONAL DOS EDITORES DE LIVROS, RJ

	Rezende, Stella Maris
Rk358v	A valentia das personagens secundárias / Stella Maris Rezende. - 1. ed. - Rio de Janeiro : Globo Livros, 2019.
	ISBN 9786580634040
	1. Ficção. 2. Literatura infantojuvenil brasileira. I. Título.
19-58488	CDD: 808.899282
	CDU: 82-93(81)

Leandra Felix da Cruz - Bibliotecária - CRB-7/6135

1ª edição, 2019

Direitos de edição em língua portuguesa,
para o Brasil, adquiridos por Editora Globo S.A.
R. Marquês de Pombal, 25 – 20.230-240 – Rio de Janeiro – RJ – Brasil
www.globolivros.com.br

*Para a querida prima e grande
atriz Jacqueline Francisco.*

Alvorada e subida de mastros

Não leve meias nem muito claras nem muito escuras

Todos querem tragédia?

Com o cabelo comprido e sempre solto — pedem que eu prenda, mas não prendo, se eles se incomodam, é problema deles, sou neto de negros e herdei a juba crespa —, de todos sou o que mais sabe que tragédia é paixão principal e fingir é técnica predileta.

Venham, meus queridos, diz a bisavó com os bracinhos abertos.

O casarão aos cacos, mas ninguém diz isso, cada um com a sua fita métrica vai medindo as palavras. Fiquem à vontade, continua a bisavó com as pelancas penduradas. Não sei vocês, mas para mim as pelancas trêmulas são motivo de orgulho e a prova da coragem de viver por mais de cem anos.

Agora sou eu que digo, cheguem mais perto, olhem só um dos parentes com a voz fingida de educada: que preciosidade do centro-oeste de Minas! Que relicário de lembranças, diz mais alguém. Não sabem o que é relicário? Eu também não soube um dia. Viver é um ato dicionário. A gente vai vivendo e descobrindo os sentidos das coisas.

Que aborrecimento, que cordas de preguiça, digo bem alto, tem hora que não consigo fingir, a bisavó ergue as sobrancelhas com ar de riso, o bisavô dá de ombros, mas praticamente todos os outros levantam o queixo e:

— Os Oliveira tem uma bela casa em Flores do Mato Longe.

E não passam disso. Ninguém providencia consertos nas partes hidráulica e elétrica, nos caixilhos das janelas, nos caibros, nas ripas, nas telhas, nas paredes desmoronando, no assoalho carcomido, nos inúmeros detalhes que esgoelam por restauração.

Continuem comigo e saibam que tragédia nos espera e tragédia nos trouxe, pois bastou a dona Marcela sugerir que o clã Oliveira se reunisse para tomar conhecimento de qual foi a tragédia que de fato aconteceu em 1961 — a tragédia de 1961, gente, a pia cheia de louça suja dessa tragédia atiçou e acabou trazendo a maioria dos parentes para cá. Dona Marcela, a minha mãe, foi ela quem teve a ideia de reunir a família nesse casarão. Ela escreve para o teatro, é dramaturga, adora uma tragédia, paixão por tragédia é coisa de família, mas garanto a vocês que a minha mãe é a campeã.

Paixão por tragédia está no sangue dos Oliveira. Claro que ninguém admite isso, não é elegante, não fica bem, causa constrangimento, ninguém aprecia tragédia, o ser humano está neste planeta para ser feliz, diz uma tia de lenço lilás no pescoço. No fundo, tragédia é o que se quer na cozinha, no alpendre, nos quartos, no corredor, na varanda, no quintal ou em qualquer esbarrocado lugar deste casarão.

Família ordinária que se constrange com alguém de cabelo encoscorado. Como se não houvesse misturas numa geração ou outra. Como se o sangue do negro não estivesse na história de todos. Como se o mundo tivesse de manter para sempre os privilégios de uns, à custa do sofrimento de outros, porque assim é que teria de ser e não se fala mais nisso. Decido que se fala mais nisso, sim.

Prestem atenção, todos me tratam com mesuras, até me cumprimentam, mas cada um dispõe de um tipo de fingimento. Todos querem tragédia. E eu me disponho a pensar nos detalhes.

O meu irmão mais velho, que me recomendou — não leve meias nem muito claras nem muito escuras —, na maior parte do tempo sentado por causa de uma dor nos pés que o impede de se manter levantado ou andar por mais de uma hora, resolveu entrevistar algumas criaturas da família desunida nesta casa enorme, antes de fazer a revelação da tragédia de 1961, e pediu que eu estivesse junto. Mas por que meias nem muito claras nem muito escuras? Será que existe um código aí? Um modo secreto de invadir as ideias de cada adversário? Uma fase que eu preciso ultrapassar? E esse jogo é o mais difícil. Ou será que a palavra correta não é "invadir". Talvez seja simplesmente "ouvir". Prestar atenção, ficar ao lado, observar, dar ouvidos em vez de olvidar, diria a dona Marcela sempre incutida com as palavras. É isso, ouvir. Meu irmão vai entrevistar algumas pessoas da família, vai ouvir e filmar. Continuem comigo e vocês também vão ouvir e talvez imaginar o filme editado.

Enquanto meu irmão Fabiano ouve e grava na filmadora, eu fotografo. Ele diz que depois vai editar e fazer um documentário. Duvido. O Fabiano promete as coisas e não cumpre.

Então ele finge que vai fazer o filme.

Eu finjo que não me importo com a falta de sinal da internet nesta biboca, estamos isolados num ermo de mundo, vejo o cupim na madeira de lei, sorrio para todos. Concordo, a gente vai conversar olhando no olho, a gente vai se tocar e se sentir. Estou muito feliz com a oportunidade única de viver estes dias maravilhosos com as figurinhas falsas que me olham cochichando. A tia do lenço lilás: depois de se separar do primeiro marido, o pai do Fabiano e do Graziel, o tal marido enguiçado num ciúme doentio, acredita que ela não podia nem olhar para os lados? Não podia dizer que o Chico Buarque é bonito. Então, depois de ficar livre do enguiçado na ciumeira, a Marcela namorou um mulato, cujos pais são azuis de tão negros. E continua: daí o filho saiu ao pai e aos avós no cabelo. A gente tem outros casos na família, mas resultaram em filhos de cabelo só anelado, já o caçula da Marcela tem esse cabelo desaforado.

Prestaram atenção? A tia do lenço lilás falou que eu tenho um cabelo desaforado.

Acho bem bom ela dizer azuis de tão negros e cabelo desaforado.

Vejo poesia aí.

Quase dou parabéns.

Meu rock e meu jazz, lá vou eu com a minha boa máquina, vou caprichar nas fotos e, assim que puder, vou arquivar tudo no notebook. Depois, vou selecionar e imprimir as fotos mais artísticas. Vou organizar uma exposição para os meus dias mais difíceis. Vocês estão convidados a imaginar as fotos. Quanto a mim, olhar para elas vai ser um modo de me tratar. Eu que sempre vou precisar de tratamento.

Muito material interessante nesses primos, tios, agregados, avós e bisavós, nesse piso de madeira esfarelada, nessas portas tronchas, nessas janelas emperradas, na varanda dos fundos e no enorme alpendre da frente, onde sempre há aterrorizantes pessoas soltando traques, arrotos e risinhos, se balançando em redes amarradas a pilares de madeira que podem desabar a qualquer momento e provocar mais uma suculenta e saborosa tragédia.

Alguém vai morrer.

Alguém vai ter que morrer.

Oi, Reginaldo. Espero que esteja bem. Sou a sua tia Cristina, irmã do seu pai. Procurei sua conta no Messenger para tentar reaproximar a nossa família. O Jurandir não é um bom pai, te abandonou quando você ainda só engatinhava, mas foi porque ele tem transtorno. Reginaldo, o seu pai não dá conta de administrar os sentimentos. Minha mãe e meu pai lembram sempre de você. Os seus avós por parte de pai, Reginaldo. Vamos marcar um almoço aqui em casa? Espero que responda. Pelas suas fotos no Face, você gosta de música e de fotografia, que beleza! Vamos reaproximar a nossa família? Por parte de pai. Um forte abraço.

Não respondi, mas li tantas vezes que decorei.

Mauro

O pai da minha mãe.
Que sentado à velha mesa de madeira da cozinha, disse:
Eu fui valente. Cheguei em Brasília quando tudo era poeira e barraco de tábua. Passei fome. Assim que cheguei, fiquei dez dias sem comer quase nada. Dormia num banco da rodoviária do Núcleo Bandeirante, que naquela época se chamava Cidade Livre. Eu tinha uma carta de recomendação, mas o dono da imobiliária pegou a carta e jogou para lá. Esqueceu de mim. Eu aparecia na imobiliária todo dia para saber a resposta dele, mas não tinha coragem de perguntar, ficava só esperando sentado na recepção. Não fosse o Guilherme, que trabalhava lá e me via todo dia, e que acabou me perguntando o que é que eu fazia ali todo dia, talvez eu não tivesse arrumado nada. Mas o Guilherme puxou assunto, eu expliquei, então ele falou para o dono da imobiliária: ô Cláudio, esse rapaz aqui te entregou uma carta de recomendação de um amigo seu lá de Belo Horizonte, lê essa carta e dá uma resposta. Olha só, ele está descorado de fome, qualquer um pode ver que ele está para desmaiar de fome.

O meu patrão me deu uma bronca, me chamou de lerdo, porque eu ficava lá esperando sentado, sem dizer nada.

Ele estava certo. Eu era tímido. Naqueles dias, fui um pouco sonso também.

Mas ele me contratou e a partir daí não precisei mais dormir na rua. Passei a dormir no escritório da imobiliária, em cima de uma mesa, porque não tinha colchão. Comecei a receber o meu ordenado todo mês.

O vô Mauro fez uma pausa, daí ajeitei melhor a filmadora no tripé, providenciei um zoom no olhar do "eu fui valente", que com certeza guardava muitas coisas que jamais diria. Devagar, diminuí o zoom e deixei que a cena abarcasse um pouco da mesa e o meu avô dos braços até o cabelo, com o fogão de lenha atrás. Muitas coisas o vô Mauro jamais diria, mas diante da arcaica mesa de madeira da cozinha dos pais dele — dona Francisquinha e senhor Oliveira —, "eu fui valente" podia desfiar as coisas que tencionava dizer naquela hora. Ele deixava acontecer a realidade possível.

Eu era trabalhador. Antes de ir para Brasília, não tinha sido muito responsável, mas a mudança de cidade me mudou. Daí, aos poucos, todo mundo viu que eu era muito responsável e trabalhador. E inteligente. Que tomava as providências, quando necessário. Uma noite, teve o incêndio. Pegou fogo no barraco de tábua. Consegui salvar todas as promissórias e isso foi muito importante. Passei a dormir num hotel, com as despesas pagas pela imobiliária.

Uma faísca de alegria no olhar do vô Mauro.

Eu pensava muito na Celina com os filhos lá em Belo Horizonte, minha mulher nova e bonita, sozinha, longe de mim, cuidando dos filhos. Eu ficava às vezes muito nervoso e muito triste. Cheguei a pensar em me matar. Muitas vezes pensei em me matar.

Desconcertante imaginar o meu avô no desespero daquela época. Senti tristeza e um desconsolo agudo. Um dia eu viveria um sentimento assim? Pensar em me matar. Eu muito jovem o escutava na vetusta cozinha dos bisavós. Era uma tarde com mormaço de agosto. O meu irmão caçula cuidava de tirar as fotos, dedicado e exímio nisso. Os outros parentes espalhados pelo casarão. Tia Marcinha e tia Rúbia providenciavam quitandas do outro lado da cozinha, à beira do fogão de lenha. Dali a pouco eu já sentia cheiro de café e biscoito de queijo.

Bonita a voz do vô Mauro:

Mas continuei a luta. Trabalhei e consegui mandar dinheiro para a Celina. E a nossa vida melhorou, de pouco em pouco. Na nossa família sempre tem uma valentia.

Celina

A mãe da minha mãe.

Que na rede xadrezinha de vermelho e verde do alpendre parou de ler, virou e falou:

Toda vez que eu leio um livro, lembro da minha vida lá em Belo Horizonte, quando o Mauro foi para Brasília em abril de 1960. A chamada "capital da esperança" estava sendo inaugurada. Fiquei sozinha com os sete filhos. Trabalhava o dia inteiro na lida de casa, lavava, cozinhava, mas sempre achava um tempo para ler de noite, depois que os meninos garravam no sono. Eu lia pelo menos umas cinquenta páginas por noite. Eu lia a Cecília Meireles.

Tudo problema de vezo, de costume, não saber dar conta de viver sem ler, eita diacho. Em desde menina, meus olhos carecem de ver um emaranhado de palavras, para desemaranhar um pouco a vida, sabe?

Atentei para o olhar da vó Celina. Sempre que falava de livros, seus olhos abarcavam uma felicidade oceânica. Era lindamente perigoso. Parecia que nada mais importava. Eu me agarrava a esse perigo. A minha mãe, a dona Marcela, também tem esse olhar.

Sabia que a Cecília Meireles morreu em 1964, exatamente no ano do começo da ditadura no Brasil? Melhor lembrar que ela foi uma excelente professora, além de grande poeta. Que ela fundou a primeira biblioteca infantil no Rio de Janeiro. E era sócia honorária do Real Gabinete Português de Leitura, olha só que coisa maviosa. Tive também a fase Henriqueta Lisboa. A fase Carlos Drummond. Mas a fase Cecília Meireles foi muito ditosa, pelo amor da Hóstia Consagrada, foi uma bondade.

Alma do Padre, gosto muito de lembrar.

Diz que a minha memória é a melhor da família.

Tenho orgulho dessa minha memória, sabe? Coisa de Deus.

Coisa de cérebro, genética, biologia, química, física, deu vontade de dizer, mas precisava apenas ouvir e gravar.

Mas eu estava te dizendo. Com a poesia da Cecília Meireles, toda noite, eu lembrava do Mauro lá em Brasília, pensava nele refazendo a vida, enquanto eu tinha os filhos e a casa para cuidar.

Foi a Cecília que me deu alento. O lirismo dos livros dela e o que ela dizia sobre o silêncio e a solidão. Eu lia e relia "Vaga música", "Mar absoluto", "Metal Rosicler". Gostava também do "Romanceiro da Inconfidência". Ficava imaginando a menina Cecília no Rio de Janeiro. O pai morreu antes dela nascer; e a mãe, quando ela ainda não tinha completado três anos! Foi criada pela avó, mas dizia que o silêncio e a solidão eram a sua área mágica.

A minha vida era estúrdia, muito estúrdia. Eu tinha apenas trinta anos e já com sete filhos nas costas. O marido longe. Mas eu lia a Cecília, e aos poucos também descobri a minha área mágica.

Sorri para ela, que sorriu para mim. Olhei entre as suas mãos o livro do dia, não deu para ver o título, mas era da Lygia Fagundes Telles. O Reginaldo continuava com as fotos.

Eu costurava. Fazia os vestidos das meninas, com o maior gosto. A roupa dos meninos eu também fazia, mas sem tanta animação, porque roupa de homem é meio sem graça. Eu gostava era das sianinhas, das tiras bordadas, dos laços, dos cintinhos de ilhós.

O meu irmão, o Joamâncio, me ajudava demais da conta. Fazia a compra do mês, levava presentes de aniversário e de Natal. Meus filhos adoravam ele. O Joamâncio foi muito bom para eles, um tio como poucos.

Em Belo Horizonte a vida era difícil, tudo muito caro, e quando chegou a hora da minha filha mais velha fazer o curso de admissão para o ginásio, tive que mandá-la para estudar no colégio das irmãs sacramentinas em Andrelândia, sul de Minas.

Eu tinha apenas trinta anos. O marido longe. E, de repente, a minha filha mais velha também longe.

O que me salvou foram os livros da Cecília Meireles.

O Fabiano vai andando devagar em direção a um dos banheiros do andar de baixo, vai esquisito devido à dor nos pés, então aproveito para ir à cozinha e tirar fotos. Vejam, tem o guarda-louça, o fogão de lenha, a mesa de madeira, a pedra da pia, as cadeiras, os bancos e os tamboretes. As gamelas e as peneiras. O ladrilho do chão. As janelas viradas para a varanda e o quintal. Os desenhos inventados pelas rachaduras nas paredes. Os panos de prato bordados e com franjas de crochê. As travessas de louça, o avental pendurado num gancho, as coisas que conversam comigo e, se quiserem, conversam com vocês também. A fuligem. O vento irritando a cortina listrada de preto e amarelo. Que aborrecimento que nada, faço riquezas com a minha máquina e suas lentes poderosas. Cada tigelinha de louça me enche de tanto repasto que chega a me empanturrar.

Ouvi a vó Celina e o vô Mauro, tirei boas fotos, agora começo a pensar no quanto a vó Celina deve ter fingido que estava tudo bem no casamento durante as conversas com a vizinha, quando mais jovem. Não era de bom-tom anunciar que o marido gritava com ela. Oi, Celina, como vai a vida de casada? Tudo ótimo, Gertrudes. Estou no céu, sabe? Vai para o meio do inferno, o vô Mauro estrilava. Ela se calava, chorava escondido, ninguém precisava saber. Sofre calada, Celina, marido é assim mesmo, vai cuidar da lida, recolher a roupa no varal, terminar as costuras, bater a massa do bolo, anda, Celina, vai, vai para o meio do inferno.

Vou para o alpendre e tiro fotos do magnífico ladrilho do chão — ladrilho hidráulico, minudenciou a minha mãe —, fotos dos vasos de planta, das mesinhas de madeira, das cadeiras de vime, dos bancos e dos tamboretes, do muro de cimento vermelhão, do telhado, dos pilares de madeira, da rede xadrezinha de vermelho e verde, da rede azul, da amarela encardida, da cinza, da vermelha, da florida de rosa e lilás, da marrom e preta. É tanta rede pendurada neste alpendre. Aqui todo mundo se senta e se balança, todo mundo porfia conversa, poucas vezes faz elogio, na maior parte das vezes faz a caveira de alguém. Redes sociais desta biboca. Não sabem o que é porfiar? Eu também não soube um dia. Viver é um ato dicionário. A gente vai vivendo e descobrindo os sentidos das coisas.

Neste alpendre uma criatura pode surpreender, balançar alguém na rede com raiva e toda a força, para que bata a cabeça no chão e morra na hora.

Alguém vai morrer.

Alguém vai ter que morrer.

Eu me sento no muro de cimento vermelhão, depois de guardar a máquina fotográfica na bolsa preta que sempre enfio no fundo da mochila, para que o meu instrumento de trabalho fique bem protegido.

Sou muito cuidadoso com o maquinário de retratar tragédias e fingimentos.

Posicionei a mochila numa das mesinhas de canto do alpendre e, agora, deste muro trincado, a lente do meu olhar se detém sobre ela, faz desta mochila uma tela onde eu projeto o rosto do vô Mauro. Como que por milagre, quase não tem rugas. Dizem que é porque ele só toma banho frio. Na nossa família sempre tem uma valentia. Já a vó Celina tem o rosto franzidinho, não gosta de banho frio, a pele murchou. O que salvou foram os livros da Cecília Meireles.

Lembro do rosto de algumas tias. Vejo as caras lambuzadas de creme, as dentaduras, os batons e os esmaltes, os olhares de fastio, os suspiros de tristeza, as impaciências, os gritos, as bufadas, os silêncios esclarecedores, as sobrancelhas falsas. Lembro dos primos, tem um que tem lábio leporino — pequeno corte no lábio de cima, acho bonito e personalíssimo —, tem outro que só fala de futebol. Tem uma prima que não gosta de tomar banho. Tem outra que mastiga chiclete sem parar. Tem outra que só se levanta ao meio-dia, a bisavó Francisquinha diz que antes do meio-dia ela não existe. Alguns tios não atendem ao "bebam com moderação" e começam a ficar inconvenientes. Um casal discute em voz alta na varanda.

A minha mãe faz anotações num caderno de capa verde.

Sem sinal de internet, celulares e computadores foram deixados de lado, mas a dramaturga, que não para de trabalhar, escreve a caneta e a lápis, principalmente a lápis. Costuma dizer que gosta de pegar a borracha e apagar tudo bem apagadinho, não deixar vestígios. Dá uma sensação boa, ela diz.

Não deixar vestígios.

Preciso pensar nos detalhes.

Lembro das fotos que tirei até agora.

Flagrei a vó Celina. Registrei o vô Mauro.

De repente, observo o antiquíssimo ladrilho do alpendre e vejo várias coisas.

A calcinha suja de uma das primas, a que passa até três dias sem tomar banho. Já prestei atenção, ela entra no banheiro e liga o chuveiro, sai fingindo que tomou banho, aparece com um pouco de água no cabelo, mas dá para ver que água e sabonete passaram longe daquelas pernas encardidas. A tia Rejane sabe que a filha não tomou banho, mas finge que acredita que sim, essa minha filha que não gosta de tomar banho, ô cruz, mas eu não vou criar caso aqui em Flores do Mato Longe, a família está reunida, numa espécie de recreio, de intervalo, de pausa, a família está feliz. Fingir é técnica predileta, avisei.

O cigarro da tia Rúbia, que finge que diminuiu a dose diária, mas sempre dá um jeito de ir para algum lugar no quintal e então aciona o isqueiro. Fica lá em pé com aqueles gestos de fumante que tanto fizeram sucesso nos filmes de antigamente. Sorri e treme de alegria, traga fundo, ergue o queixo e solta para o alto as baforadas.

A gaveta da mesa da cozinha e o bisavô Oliveira são os meus prediletos. Uma faz parte do outro. Ele está proibido de comer doce, mas come escondido, sentado diante da velha mesa de madeira. Quando entra alguém, ele rápido soca o doce na gaveta, lá dentro tem um guardanapo esperando.

Aliás, todo mundo sabe disso.

E todo mundo finge que o senhor Oliveira faz dieta nos conformes, obedece ao médico, é um amor de idoso, não dá trabalho nenhum. Um amor de idoso! Tenho a maior ojeriza de "idoso". Palavra ascorosa. O senhor Oliveira é um amor de velho, isso sim. Velho é palavra bonita. Ele é um velho velhíssimo.

Será que ele é que vai morrer?

Alguém vai ter que morrer.

Francisquinha

A avó paterna da minha mãe.
Com grampos na boca, puxou o cabelo para trás, fez um coque, segurou-o com a mão esquerda, a mão direita foi tirando os grampos da boca e prendendo o coque acima da nuca.

Depois, em seu velho quarto a avó sorriu, apoiou os cotovelos no peitoril da janela virada para a sombra dos abacateiros e:

Quando pequena, a Marcela adorava quando eu dizia avenida Sanfona Pena, em vez de "Afonso Pena". Ela ria e pedia para eu dizer mais coisa bagunçada. Com aquele cabelinho pouco e esvoaçado, a filha mais velha do Mauro me alegrava, porque pedia para eu bagunçar as palavras.

O meu filho caçula, o Mauro, me deu muita dor de cabeça na época em que foi para Brasemília. Eu ficava pensando na Celina sozinha com os meninos lá em Belsofonte, a capital de Sinas Fatais.

De antes, eles moravam numa casa pequena e simples, mas boa, com fogão de lenha, na rua Caduca de Saia no Monte das Lerdas, um bairro de Belsofonte. Mas o Mauro inventou de derrubar essa casinha e construir uma casa bem maior e mais moderna. Ele tinha feito dispoteca na Baixa Econômica. Na parte da frente da casa, inventou de fazer um armazém. E não é de ver que não deu conta de administrar o armazém e as dívidas com a casa? Acabou perdendo tudo. O irmão dele, o Joanésio, mais o irmão da Celina, o Antonísio, pagaram algumas dívidas. Vai daí o Mauro pensou em recomeçar a vida na tal da "capital da esperança".

Ele foi para Brasemília. Passou fome e todo tipo de dificuldade.

Observei o cabelo fino e ralinho da bisavó Francisquinha. Ela costumava fazer maria-chiquinha e sair toda esparolada, mas desta vez tinha feito um coque. Havia ainda muitos fios pretos, o que era surpreendente, pois a minha mãe, apesar de bem mais nova, já estaria com a cabeça toda branca, não fossem as idas ao salão de vinte em vinte dias.

Enquanto olhava para o rosto enrugadíssimo da bisavó, pensei que um dia ela estaria morta. Daí tratei de cuidar da vida. Continuei a ouvir e gravar. O Reginaldo continuava com as fotografias.

Aqui em Flores do Mato Longe, eu rezava por ele e pela Celina com os meninos. Coisa mais estúrdia o destino da gente. Um filho desorientado é um suplício. Mas é de ver que o Mauro teve sorte com Brasemília. Ele fala até hoje que Brasemília deu sorte para ele. Ainda bem.

No tresmodo da tragédia, no dia de completar doze anos de casado com a Celina, aquele susto, aquele acontecimento fatídico, aquela intemperança. Quase ninguém fala no assunto, mas a família inteira sabe da tragédia.

Eu era a mãe de um homem que viveu uma tragédia no dia de inteirar doze anos de casado. Eu arrepiava só de pensar. E estava longe dele, ó misericórdia de Deus.

Tenho vontade de saber com mais esclarecimento que tragédia foi essa. A família inteira desconversa quando o assunto aparece no meio da sala. Fica todo mundo fazendo de conta que o assunto não está na sala, mas o assunto não sai da sala, o assunto fica puxando o queixo da gente, o assunto pede para a gente olhar e ver ele.

Tem doce de mamão que a Natércia acabou de trazer.

Era a frase delirante da bisavó Francisquinha. Quando desnorteava, a memória se confundindo com tantos acontecimentos antigos e novos, lembranças alegres ou tristes, mágoas, dissabores, visitas inesperadas, um café com leite para começar o dia, uma dor nos rins, a moça cantava e lavava roupa no tanque, o menino vomitava sangue, visitas esperadas e jamais acontecidas, uma sopa de inhame com salsinha, um filho com febre alta, um terrível segredo que ela preferiria não guardar, de repente tem doce de mamão que a Natércia acabou de trazer.

Estamos em Horrores do Pato Monge.

A família tem medo do assunto.

Me diga, Fabiano, gosta de doce de mamão?

Joamâncio

O padrinho e tio materno da minha mãe.
Que abriu uma das janelas da sala, observou o movimento na rua, depois se sentou na poltrona verde-esmeralda e:

Eu era o irmão caçula da Celina, ainda muito novo, mas resolvi ajudar na criação dos meninos dela, que viram o pai ir embora para Brasília.

Eu tinha dó da Celina, sozinha com sete filhos. Vai daí o meu salário na Cemig era quase todo para as despesas dela. Eu fazia isso com alegria, porque gostava de ver a carinha satisfeita dos meninos, que não tinham culpa de ter um pai desorientado. Um pai que perdeu a casa própria, deixou a família morando de aluguel num bairro pobre de Belo Horizonte e foi tentar reajustar a vida na capital da esperança.

Naquela época todo mundo dizia que Brasília era a "capital da esperança".

E era de fato.

Lá o Mauro conseguiu trabalho, comprou um lote com barraco de tábua. Pôde chamar a Celina e os meninos para voltar a morar com ele.

Só depois de ver a Celina ajeitada lá em Brasília é que pensei em casar. E casei com a Bráulia, a mulher dos olhos azuis mais estonteantes que já vi. Conheci a Bráulia num hotel, onde ela trabalhava de cozinheira.

A minha vida era estranha. Eu tinha a Bráulia, mas faltava alguma coisa que eu não sabia direito o que era. Vai daí eu escrevia. Escrevia poemas, um atrás do outro. Escrevia e contava piada para quem estivesse perto, fosse gente viva, fosse gente morta.

Todo mundo ria do que eu contava.

Diziam e ainda dizem que eu sei contar piada de um jeito bastante engraçado. A minha memória é que é boa, essa é a verdade. Eu deixo a memória contar e pronto. A minha memória é a riqueza que eu tenho.

Tio Joamâncio dos olhos verde-claros, das piadas maranhosas e insuperáveis, da camisa impecavelmente branca, dos sapatos limpos e engraxados. Sempre um pouco bêbado, se equilibrava com dificuldade e lá vem mais piada, a barriga da gente até doía de tanto rir. A dor nos meus pés até sumia.

Quando nasceram as minhas filhas, a Jaciara, a Julita e a Joana, todo mundo pensou que eu ia parar de escrever. Aquele negócio de escrever poesia não dava dinheiro, e eu tinha que dar um bom exemplo para elas, não tinha? Tinha. Mas não dei. Continuei a escrever. As minhas filhas que aprendessem a conviver com um pai poeta, ou seja, um pai pobre de dinheiro. Mas rico de memória, importa-me lá.

Sempre me faltou muita coisa e o vazio continua. O vazio rege a alma de toda pessoa.

Uma frase que eu gostei de ouvir e gravar. Um dia o tio Joamâncio também estaria morto, mas essa frase, "o vazio rege a alma de toda pessoa", não ia morrer, não ia, eu não iria deixar, porque eu tinha andado bastante e os meus pés latejavam. Eu tinha sido obrigado a visitar o Morro da Capelinha. Fomos de carro, mas chegando lá, tive que andar um bom pedaço. Para os outros era perto, para mim era longe. Essa dor nos pés não tem explicação. Por causa dessa dor eu vou me vingar.

Naquela época de ajudar a Celina, eu era menos infeliz. Via os meninos dela e me sentia bem. A filha mais velha, a Marcela, a minha afilhada, de vez em quando eu dava um presente para ela. Ver a alegria daquela menina sardenta fazia me sentir mais digno. Eu amava todos os filhos da Celina, mas a Marcela mostrava parecença comigo, eu sentia isso, que a Marcela tem parecença comigo.

Ele se ergueu da poltrona e cambaleou diante de mim.

Alguma coisa que eu pressentia era a mesma coisa que a Marcela pressentia, ela e eu não sabendo direito o que era.

Engraçado ouvir o tio Joamâncio falar assim sobre a minha mãe. A alegria daquela menina sardenta. Ao mesmo tempo, era desconfortável, porque me fazia pensar que a minha mãe não era mais uma menina, nem jovem senhora ela era mais. A minha mãe estava ficando velha e isso sempre me angustiava, lembrava que eu também ficaria velho e um dia todos estaríamos mortos.

Tio Joamâncio se desequilibrou um pouco, apoiou-se em mim, esbarrou no tripé e quase derrubou a filmadora.

Depois sorriu meio sem jeito e:

Na época, a Marcela e eu não sabíamos que coisa era essa que a gente pressentia. Hoje a gente sabe. É a memória. A memória para contar as coisas. A memória é a nossa riqueza.

Viemos para a revelação da tragédia que aconteceu em 1961, a cama desarrumada dessa tragédia, mas ninguém se refere à tragédia que está prestes a acontecer nesses dias de Festa do Rosário. Todos fingem que não sou perigoso. Na maior parte do tempo, falam na beleza da Festa do Rosário. Tem sempre alguém que pergunta: vocês botaram reparo nas roupas do terno Moçambique? E as do terno Caixinha de Bombacha? As do terno Catupé do Congado são as mais vistosas!

O Fabiano está tirando um cochilo — não leve meias nem muito claras nem muito escuras, ele recomendou. A maioria dos parentes reza e faz maledicência no largo da igreja de Nossa Senhora do Rosário. Todos fingem que não sou perigoso. Ainda vejo o tio Joamâncio bebum bambear e quase provocar um pequeno acidente com a filmadora.

Quero a minha casa, a minha guitarra, a minha internet, os meus jogos de videogame, mas sou obrigado a passar esses dias em Flores do Mato Longe. Concordei em vir, claro, dependo do dinheiro da minha mãe, sou menor de idade, não trabalho ainda e nem sei se vou trabalhar algum dia, se vou ter cabeça para passar num concurso e arrumar emprego. "O seu pai não dá conta de administrar os sentimentos." E se eu nunca passar num concurso? Não souber administrar vontade, preguiça e medo. Vou conseguir trabalhar como autônomo? Entre ser um bom fotógrafo e dar conta de me sustentar tirando fotos vai uma panorâmica diferença.

Ando de lá para cá e me detenho na escada que dá acesso ao segundo andar. A maioria da parentada soverteu, posso entrar nos quartos e olhar as coisas. Subo a escada rápido. Com o coração dando coices no peito, decido pelo quarto da tia Rejane e empurro a porta entreaberta. Emocionante saber que estou sozinho e posso vasculhar pertences alheios. Não, não estou sozinho, continuemos a descobrir os sentidos das coisas. Eu não mexo no alheio, dizia uma empregada nossa. Tem gente que mexe com drogas e continua a vida, é professor, é artista, é político, mas eu nasci mais frágil. Então foi assim enquanto eu mexia com essas coisas: a minha cabeça dava cambalhotas, eu roubava dinheiro, roubava relógio e aparelho de som. Hoje em dia todo mundo diz que estou recuperado, que não vou mais mexer no alheio: o Reginaldo é outra pessoa agora, o Reginaldo é um vitorioso, graças à Vívida Vida, lembram? Ele ficou internado naquela chácara quase um ano, foi a salvação dele, que se desintoxicou e teve força de vontade para parar de se envenenar, que bênção, que maravilha, acabou o sufoco. Tudo bem que ele ficou com sequela, herdou do pai a propensão ao transtorno, "te abandonou quando você ainda só engatinhava, mas foi porque ele tem transtorno", mas, Divino Pai Eterno, o importante é que o Reginaldo parou com as desgraceiras, gente.

Tudo mal que eu fiquei com sequela, o que me salva eu não sei.

Eu me aproximo da cama da prima fétida. Tem uma blusa horrenda jogada em cima do travesseiro. Estampada de vermelho, laranja e grená, é cheia de babados, uma tragédia de blusa. Não vou pegar essa blusa e cheirar, que nojo. A porca passa até três dias sem tomar banho, eu sei.

A valentia das personagens secundárias

Saio rápido, sem olhar para trás, porque de repente me sinto um gatuno de péssima qualidade. Sou covarde até para desempenhar o papel de gatuno bom de serviço. De repente, que pessoa mais pouquinha eu sou.

A ponto de ter vindo sem a minha guitarra.

A ponto de ter tido medo dos parentes ficarem insistindo: toca para nós, Reginaldo, toca! É compositor também, não é? Toca as suas músicas, você puxou ao bisavô Olímpio, que maravilha, toca, vai! Larga a mão de timidez, menino, pode ser rock, vai, toca!

A ponto de entender que é melhor assim, porque a saudade da guitarra é menos complicada, lido melhor com ela do que com o pânico de ter que tocar para os parentes desunidos nas ruínas desse casarão.

De novo no corredor comprido do andar térreo, não quero entrar no quarto de mais ninguém, estou com preguiça de ser fiscal de coisas tétricas que foram largadas nos quartos dos tios e primos.

Se eu entrar no quarto do bisavô senhor Oliveira e da bisavó dona Francisquinha. Fica neste andar térreo, é o mais espaçoso e o mais próximo do banheiro maior.

Se eu entrar no quarto dos donos da vivenda.

Se eu encontrar um álbum de fotografias.

Se eu descobrir que sou a cara do tio Justino, o outro de cabelo desaforado.

Se eu parar de pensar na prima que só levanta ao meio-dia — a bisavó Francisquinha diz que antes do meio-dia ela não existe.

Não quero ver a Gertrudes conversar com a vó Celina, as duas separadas por um muro baixo, cada uma em seu quintal de tragédias.

Não quero ver o lenço tampando o cabelo da Gertrudes.

Não quero saber se o cabelo dela é preto, louro ou castanho, ou se nem cabelo tem, por causa de quimioterapia.

Não quero nem imaginar o tanto que ela se arrependeu de ter se casado com um trastalhão.

Sabia que ele era um trastalhão. Casou sabendo. Acreditou que ele ia mudar depois do casamento, que uma criatura pode fazer a outra mudar. Então, a mulher crente que ia mudar o marido logo viu, nos primeiros meses de casamento, que tinha sido uma tonta, uma lesada, uma sem leitura. Alguém devia ter dito a ela: ô Gertrudes, ninguém muda ninguém. O máximo que se faz é cutucar, provocar, chacoalhar a pessoa, mas a própria é que muda, se quiser. E se ele não quiser mudar? Se decidiu casar, saiba com quem está casando, talvez seja assim para o resto da vida, viu? Se quiser assim mesmo, então casa.

A pessoa teria pensado melhor e não teria se casado com o estrupício.

Se o marido amasse a Gertrudes.

Se eu soubesse de onde saiu esse nome Gertrudes.

Antonísio

O tio que estudou para padre.

Que no sofá marrom da sala esticou os braços e pousou as mãos no joelho da perna cruzada. Ficou olhando para o teto e vagarosamente dirigiu o olhar para mim.

Ele era o tio quase padre, descobriu a tempo que não tinha vocação e se casou com a tia Tércia. Imaginava-o estudando no seminário, decerto percorria os corredores em silêncio, rezava, duvidava, entrava na capela e olhava para as imagens dos santos. E o que pensava jamais seria revelado.

A Celina é a nossa única irmã, a menina-mulher filha do festeiro Olímpio e da triste Quiquita, que morreu quando ainda éramos crianças. O nosso pai, o Olímpio sanfoneiro, sumiu no mundo pouco depois de ficar viúvo. Desembestou a tocar sanfona nos bailes. Foi morar em diversas vilas distantes, largou a gente na casa dos nossos tios-padrinhos.

A nossa infância foi dura, porque os nossos padrastos eram rigorosos demais, não davam liberdade para a gente. A Celina, principalmente, sofreu demais nas garras deles. Mulher é sempre mais maltratada. O casamento seria a liberdade para a Celina? Em geral, casamento não significa liberdade coisa nenhuma, principalmente quando o homem é machista além da conta. Naquela época, era muito pior do que hoje. Mulher tinha que obedecer ao marido. Algumas se rebelavam, claro, sempre há mulheres desafiadoras e corajosas.

Quando o Chiquinho, o Joamâncio e eu soubemos do que aconteceu com a Celina em 1961, ficamos em estado de choque. O certo teria sido viajar urgentemente para Brasília e ver de perto a tragédia, dar apoio para a nossa irmã.

O tio quase padre sorriu contrafeito. Tirou as mãos do joelho e abriu os braços. Pousou as mãos no sofá, enquanto se recostava melhor. Depois, continuou:

Deixamos o tempo passar. Preferimos que a Celina suportasse tudo sozinha. Sem nenhuma explicação entre nós, os três irmãos homens preferiram o silêncio e o abandono. Que a Celina resolvesse o drama da vida dela! Pensar assim era mais conveniente, embora desse um desconforto, uma gastura, uma insônia aborrecida. Três anos depois, uns meses após a revolução militar, fui para Brasília, visitei a minha irmã. Cadê que eu toquei no assunto da tragédia acontecida em abril de 1961? Cadê que perguntei: ô Celina, que tragédia foi aquela que aconteceu? Explica, por favor.

Falei sobre a revolução, que na verdade tinha começado em 1961 com a renúncia do Jânio Quadros, falei sobre o Jango, explanei minhas ideias, convicto de que os militares e seus aliados livrariam o Brasil do perigo do comunismo.

O tio quase padre olhou na direção da máquina fotográfica do Reginaldo e sorriu de novo.

Eu era um idiota.

Com muito menos estudo do que eu, a Celina retrucou dizendo: ô Antonísio, eu só fiz o curso primário, mas leio muito, viu? Leio livros, principalmente poesia e romances. Eu sei que uma ditadura militar é um péssimo regime.

A valentia das personagens secundárias **35**

Lembro que discuti com ela, falei grandes bobagens de que hoje me envergonho bastante. Mas lembro também que a Celina se manteve firme nas ideias e nos sonhos dela e hoje em dia eu me orgulho muito da minha irmã.

Sorri para ele, emocionado em mais uma vez constatar que a vó Celina, a mãe da minha mãe, pintou, bordou e costurou para a dona Marcela ideias e sonhos de que eu também me orgulho muito.

E ouvi o tio quase padre dizer ainda:

No fundo, a tragédia era eu.

Chiquinho

O tio que fumava bastante. *Nem sei dizer quem fumava mais, se ele ou a tia Rúbia.*

Naquela tarde chuvosa, depois de uns goles de café, traçou mais um cigarro, depois espremeu o toco num cinzeiro na mão esquerda, deixou o cinzeiro numa das mesinhas de ferro e vidro. Estávamos na sala e ele se aproximou de uma janela aberta, mas não olhou para fora, virou-se rápido e:

O que é a vida?

Ajeitei a filmadora no tripé e fiquei a postos. O Reginaldo também se posicionou.

Eu moro em São Paulo, você sabe. Tenho um trabalho que me exaure demais. Não tenho filhos, mas, mesmo assim, não acho tempo para viajar. Nem imagina o quão difícil foi me organizar para estar aqui nesses dias da Festa do Rosário.

De uma hora para outra, Fabiano, me vejo em meio a tantos parentes e isso me constrange. Isso me exaspera! Dá vontade de sair correndo.

Mas vamos lá. Você quer que eu fale.

Para mim, a vida é um acaso completo. Então, que cada um se digne a viver a sua catástrofe humana. Gosto da minha irmã, me preocupo com ela, mas não posso fazer nada além de sentir preocupação e afeto a distância.

O Joamâncio é diferente, cuidou da Celina e dos filhos dela quando o Mauro foi sozinho para Brasília, mas ele era o irmão caçula, tinha mais disponibilidade. O Antonísio também ajudou, porque emprestou dinheiro para o Mauro e nunca nem cobrou o empréstimo. Aposto que ele não te contou que emprestou muito dinheiro para o Mauro. Na verdade, o Antonísio é tão generoso quanto o Joamâncio, cada um a seu modo auxiliou muito a Celina.

Quanto a mim, afianço que vou deixar uma boa quantia no banco. Sim, tenho boas economias no banco. Sou viúvo, tudo o que eu tenho vai ficar para os irmãos e eu estou certo de que o Joamâncio e o Antonísio vão abrir mão da parte deles e vão deixar tudo para a Celina.

Eu sei que vou morrer antes deles, porque os meus pulmões já estão condenados.

Dinheiro e morte na voz do tio Chiquinho. Naqueles dias da Festa do Rosário, com grande parte da família no casario antigo, dinheiro e morte apareciam a todo instante, por um motivo ou outro todos falavam nesses assuntos, e eu não parava de pensar que um dia todos estaríamos mortos.

Havia a vida, ainda era a vida, então eu tinha que ouvir e gravar. E a voz misturada com tosse renitente:

Sou pão-duro, sempre fui.

Dizem que só penso em dinheiro e não estão errados.

Mas a Celina vai viver mais de cem anos, aposto. Ela vai ser longeva como a maior parte da família, então todo o meu dinheiro no banco vai ficar para ela.

Essa vai ser a minha forma de deixar um átimo de saudade.

O que é a vida?

Olhei para o Reginaldo e vi um tremor de emoção no rosto dele.

Eu também achei teatral e bem bonito o tio Chiquinho começar e terminar com a mesma pergunta. A assombrosa e bela pergunta.

A vida é uma fotografia, uma vertigem de luz e ilusão, eu sei, tomo um copo de água na cozinha, engulo bem devagar, faço a vida durar um pouco mais. Por causa da Festa do Rosário, os parentes ficam o tempo quase todo na rua, nas casas dos festeiros ou no largo da igreja, uma área muito disputada por ter sinal de internet. Eu até que vou para a rua também de vez em quando, mas não para ter o sinal. Decidi radicalizar, meu problema de cabeça acabou exigindo distância da internet durante a Festa do Rosário. O sinal de que preciso é outro. Quando saio, quero ouvir a cantoria, tá caindo flor, tá caindo flor, encher a pança de comida gostosa, mas depressa volto para o casarão, eu sou o jovem artista e suas lentes perigosas.

Entre ruínas, me sinto bem.

Você ainda é muito jovem, dizem quase todos, eu rio e sei que de certo modo vou ser jovem a vida inteira. A bisavó Francisquinha resumiu a coisa, ela nem disfarçou, tem idade para dizer o que quiser. Eu estava perto, ela me olhou, ajeitou o diadema no cabelo, em seguida olhou para a tia Marta e disse: o caçula da Marcela tem um prodilema de cabeça.

Fico rindo disso. Rio sozinho e gosto, gosto demais de rir sozinho, solto risadas que espocam, meu prodilema permite.

Abro o guarda-louça e pego uma xícara de porcelana. Pertenceu à avó da bisavó? Com a mão na asa da relíquia — chávena é mais condizente —, balanço a chávena de lá para cá e de repente eu poderia arremessá-la, não acabou o sufoco. Eu, personagem secundária, com muito gosto a veria espatifada no ladrilho do chão.

Eu teria preguiça de pegar uma vassoura e uma pá.

Preguiça de disfarçar que fui eu que quebrei a porcelana rara que pertenceu a não sei quem de não sei quando.

Preguiça de agachar diante dos cacos e escolher um para me cortar e sangrar.

Preguiça desta cena sanguinolenta.

Daria muito trabalho, não acabou o sufoco, sou preguiçoso, o Fabiano sempre diz que eu só não tenho preguiça de comer e fotografar, ele está certo. Fico rindo sozinho e acho bom.

Não vou usar vassoura nem pá, não vou quebrar a chávena, prefiro continuar sem fazer nada.

Lembro do primo que só fala de futebol, do lábio marcante do outro, da prima que não gosta de tomar banho e da outra que só levanta ao meio-dia, antes do meio-dia ela não existe. Se alguém vai morrer, se alguém vai ter que morrer, preciso pensar nos detalhes. Lembro que a prima que não gosta de tomar banho tem mania de puxar uma mecha de cabelo na mão e ficar rodando o feixe de fios entre os dedos, fica rodando por muito tempo, esquece do mundo, tem hora que leva a mecha de cabelo até o nariz e enrola nele, fica cheirando o cabelo. Sai, prima suja. Eu gosto de tomar banho. Faço questão de me sentir limpo e com cheiro agradável. Lembro de novo da prima que antes do meio-dia não existe. Quando dá meio-dia, ela levanta, toma banho e passa a existir, baixinha e magra, me olha muito, me persegue, não tem medo, vai ver é disso que ela gosta, de um misterioso transtorno. Rio sozinho e alto, de novo.

A perseguidora quer namorar.

A perseguidora vigia e olha muito.

A perseguidora vai atacar de repente.

A pessoa do prodilema já sabe que a qualquer momento vai acontecer o contato suave dos pés por debaixo da mesa, em algum momento o beijo, as vozes baixas.

Rio sozinho e alto, de novo.

Não estou sozinho, vocês estão comigo.

E já que estamos na cozinha, vou servir o doce de mamão que a Natércia acabou de trazer.

Cavalhadas

Fazia muito frio naquela época

Joanésio

O tio paterno da minha mãe.

Que num banquinho de ferro batido, à sombra de um abacateiro do quintal, respirou fundo e mordeu o lábio inferior, esticou os braços para cima, dobrou-os e colocou detrás da cabeça.

Eu exigi do Mauro. Era irmão mais velho e tinha que exigir. Não podia vê-lo desorientado daquele jeito e não dizer nada. Ele estava recomeçando a vida em Brasília e tinha que me devolver o dinheiro que gastei pagando algumas dívidas dele em Belo Horizonte.

Ara, mas tá. Se uma pessoa comete um erro, tem que pagar por ele. Eu sempre fui muito correto nas minhas contas. O meu irmão mais novo também tinha que ser correto, saber pagar suas dívidas, cumprir o que tinha prometido.

Fui chamado de mesquinho, de carrasco, porque fui lá no armazém dele na rua Camanducaia e tirei tudo. Tirei tudo mesmo. Era o único jeito de eu cobrir o prejuízo que o Mauro tinha me dado.

O tio Joanésio, com sobrancelhas de Monteiro Lobato, falava olhando para a câmera e não para mim, diferentemente de todos os outros. Parecia gostar de falar para a câmera. Desenvolto e seguro, não hesitou em argumentar:

Sei que fiz a coisa certa. O meu irmão precisava pagar pelo erro dele. O meu erro foi não contar isso para os meus filhos, deixar que eles pensassem que o tio deles nunca me pagou o que devia. Eu precisava ter contado a eles que eu mesmo fui lá no armazém e peguei tudo: armários, frigorífico, mantimentos, tudo quanto era máquina, móveis, e coisa e tal. Deixei o armazém limpinho. Tracei tudo nos cobres e depositei no banco.

O tempo passou e um dia conversei sobre isso com o Mauro. A gente se entendeu um pouco, mas ficou uma mágoa, eu sei. Uma cicatriz. Um ressentimento. Bem assim é que termina amizade entre irmãos.

O tio me olhou rapidamente, olhou também depressa para o Reginaldo, sorriu consternado e em seguida continuou com o olhar fixo na câmera:

O problema foi o modo como providenciei o pagamento da dívida. Eu mesmo resolvi como deveria recuperar o dinheiro, fui lá e limpei o armazém, não revelei isso para os meus filhos, fui caladinho, num fim de semana que o Mauro estava em Coromandel. Limpei o Armazém dos Conterrâneos.

Pobre do meu irmão caçula desorientado. Depois foi sozinho para Brasília, deixou a Celina e os filhos morando de aluguel no Morro das Pedras, viajou confiando numa carta de recomendação.

Quando o tio disse "pobre do meu irmão caçula desorientado", emprestei isso para mim, afinal, o Reginaldo era o meu irmão caçula desorientado. Lembrei da importantíssima recomendação que fiz a ele: não leve meias nem muito claras nem muito escuras.

O Mauro acabou consertando a vida dele, com muita dificuldade, mas deu conta. Trabalhou primeiro numa imobiliária, depois foi vendedor de roupa, depois prestou concurso para atendente de enfermaria e passou, trabalhou no Hospital de Base, no nono andar, o andar dos loucos. É lá que ficam os doentes da razão. O Mauro via de perto a loucura dos outros e isso foi bom para a loucura dele. Sim, a loucura dele, não tenho prurido de comentar que o meu irmão caçula às vezes agia como um doido. Mas ele, aos poucos, consertou as coisas. Os sete filhos ajudaram, porque todos estudaram, se formaram e arrumaram bom emprego. A Marcela, assim que se tornou professora, mandou construir uma casa de alvenaria no lugar do barraco de tábua. Depois, quando já casados, cada um dos sete filhos deu conta de comprar a sua própria casa. O Mauro foi ficando cada vez mais aprumado na vida e isso era uma maravilha de se ver.

Mas eu guardo uma tristeza. A dor de não ter agido direito com o meu irmão caçula.

Pensei se eu agia direito com o meu irmão caçula e olhei para ele, que não parava de tirar fotos, cuidadoso e solícito.

À sombra do abacateiro, no banquinho de ferro batido, o tio Joanésio nos olhou de novo, mordeu de novo o lábio inferior e desta vez não fitou a câmera, baixou os olhos e concluiu:

A nossa amizade nunca mais foi a mesma e isso me matou um pouco.

Tenho medo desse tio Joanésio. Até da fotografia dele tenho medo.

Talvez ele possa ficar batendo na porta do meu quarto de madrugada para me chamar e, como se fosse uma coisa simples e normal, me contar que tem habilidade para entrar num lugar e tirar tudo, fazer justiça do jeito que acha que deve ser. Sinto medo dessa habilidade dele e ao mesmo tempo imagino que esse tio, personagem secundária tanto quanto eu, seria um bom aliado na missão tragédia.

A prima que antes do meio-dia não existe já existe, já passa de uma da tarde, a gente se encontra na penumbra do corredor do andar de cima.

— Ei, Reginaldo.

— Ei, Alexandra.

Ela vem e me beija no rosto, não de modo rápido como as outras primas, a dorminhoca se detém no beijo, pressiona e abre os lábios, só falta mudar o alvo e me beijar na boca. É a segunda vez que faz isso. Eu sei que ela quer muito mais, vai atacar em breve, então resolvo adiantar o compasso, mas a prima descansadíssima faz questão de ser a maestrina.

Ela recua o rosto, me olha e sorri. Deve ter a minha idade, mas muito mais experiência.

Seu olhar é seu diploma.

— Faz nu artístico, primo?

— Nunca fiz.

— Me candidato a modelo.

— Combinado.

— Quando quiser, não antes do meio-dia.

Então ela se afasta, mas de repente se volta e torna a me olhar. Eu paralisado no meio do corredor, e ela de súbito em dúvida se a pessoa que antes do meio-dia não existe deve mesmo transbordar de existência na companhia da pessoa prodilemática.

O olhar da prima se mistura ao olhar soturno do tio Joanésio. Então o medo que tenho dele vem emprestado, passo a ter medo da Alexandra também, fujo correndo e desço a escada.

Entro no meu quarto.

Deito na cama e olho para o teto frágil.

A cama frágil.

A pessoa frágil.

A ponto de eu saber que ainda assim vale a pena continuar com as fotos, com as idas e vindas pelos cômodos da casa antiga e enorme, a cantoria e a comida nas casas dos festeiros, a expectativa de se cumprir a missão tragédia.

Se alguém vai morrer, se alguém vai ter que morrer, preciso pensar nos detalhes.

Preciso lembrar que a família é longeva, os bisavós estão de prova, já têm mais de cem anos e ainda saracoteiam pelos cômodos da casa, vão ver a procissão, almoçam e jantam nas casas dos festeiros, sabem de cor as músicas do congado.

Tá caindo flor, tá caindo flor, a dona Francisquinha cantarola a todo instante, e o senhor Oliveira acompanha, tá no céu, tá na terra, tá caindo flor.

Lembrar que nunca houve assassinato nem suicídio na família.

Que na nossa família sempre tem uma valentia.

"Minha mãe e meu pai lembram sempre de você. Os seus avós por parte de pai, Reginaldo."

Que eu tenho problema de cabeça e então não se pode garantir mais nada.

Gracinha

A prima dos dentes perfeitos.

Que se sentou numa cadeira de vime do alpendre, engoliu mais um pedaço de cocada e disse:

A mãe da Celina e a minha mãe eram irmãs. A Celina é minha prima primeira. A tia Quiquita, Maria Francisca, morreu de parto, caso raro na família, e a minha mãe está viva até hoje, benza Deus. Eu gosto muito da Celina. Ela sempre me tratou bem, gosta de me dar lembrancinhas, tem carinho pela minha mãe, que se chama Francisca Maria, mas que todo mundo chama de tia Menininha. De antes, quase toda mulher se chamava Francisca: Ana Francisca, Célia Francisca, Maria Francisca, Antônia Francisca, Paula Francisca, Rita Francisca, Francisca Rejane, Francisca Umbelina, e o trem não para de carregar Francisca.

Eu me ajeitei na cadeira, ansioso e contente, porque o mormaço de agosto diminuíra um pouco, uma boa chuva trouxe cheiro de terra molhada e a prima Gracinha tinha uma formosura elegante e discreta, coisa que sempre me fascinou.

Lembro com nitidez de quando o Mauro foi para Brasília. Eu ainda morava em Várzea Linda. Fiquei sabendo que a Celina ficou sozinha com os sete filhos. Eu tinha só treze anos, mas já entendia que uma mulher sozinha com sete filhos deve sofrer demais. Ainda bem que a Celina teve o Joamâncio para ajudar. Irmão igual àquele é coisa rara. Uma pena foi ter acontecido a tragédia.

Aquela boca e aqueles dentes perfeitos da prima. Meus pés doíam, eu tinha andado no quintal para filmar o tio Joanésio, mas a Gracinha amenizava o latejar.

Quando eu soube da tragédia, chorei no meu quarto, de frente para a imagem de Nossa Senhora das Graças, a quem fui consagrada quando nasci, daí o meu nome Maria das Graças.

Poucas pessoas tocavam no assunto. Mas eu sabia de alguma coisa.

Vai ver é sempre assim que acontece. Cada família tem as suas tragédias, cada família infeliz é infeliz à sua maneira, tem até um livro famoso que começa falando disso, e é comum os adultos não conversarem, com as crianças e os jovens, sobre as tais tragédias. Mas os jovens e as crianças acabam descobrindo tudo. E ficam também sem tocar no assunto, como se não soubessem de nada, aprendem a fingir também.

A Celina tinha um cabelo castanho-escuro e comprido. Sabia cantar, desenhar, bordar, costurar, cozinhar, fazia da casa simples uma casa poética. Enfeitava tudo com crochê, cortinas bordadas e toalhas de vagonite. Ensaiava as meninas para a coroação de Nossa Senhora, sempre cantando com uma voz muito afinada, ela que tinha sido filha de Maria.

Na época em que eles se conheceram e moravam aqui em Flores, ele era congregado mariano, e ela, filha de Maria. Foi dentro da igreja que se viram pela primeira vez. E gostaram um do outro. E decerto confiaram que Nossa Senhora das Dores ia abençoar a vida deles.

Santos e bênçãos, coisas com as quais não me familiarizo, mas era bom ouvir e gravar qualquer coisa que a bela prima Gracinha dissesse.

A história deles é simples. Mas trágica.

Toda vida é assim mesmo, simples e trágica.

Sou muito amiga da minha prima segunda, a Marcela. Você sabe o que é prima segunda? Prima em segundo grau, pois é. Eu sou prima segunda da Marcela, a sua mãe, por consequência você é meu primo terceiro. A sua mãe e eu temos muitas afinidades. Ela é doida com o Rio de Janeiro, por exemplo, como eu também sou. Ela não gosta de ficar só por conta de cuidar da casa, igualzinho a mim. Não que a gente não cuide da casa, a gente até entende um pouco de decoração, mas a nossa prioridade é outra.

Voltando ao assunto da tragédia, fico pensando no que a vida faz com a gente.

Com a prima terceira a vida foi generosa, não aparentava nem quarenta anos, um mistério da genética. O Reginaldo caprichava nas fotografias, ele também certamente içado pela formosura discreta e elegante.

Quando meninas, a Marcela e eu brincávamos na chácara de Várzea Linda, ríamos o tempo todo e, quando nos encontramos de novo, quarenta anos depois, conversamos muito e rimos o tempo todo. Quer dizer, a gente deu conta de rir de novo, apesar de tudo.

Estávamos começando a ficar velhas. Mas ainda conseguíamos rir, embora a lembrança da tragédia estivesse ali na varanda do meu apartamento na Barra da Tijuca. A Marcela dizia: eu morro de medo de passar no túnel Zuzu Angel. Me dá um pavor danado.

Tantas tragédias no mundo. E nós duas ali rindo, rindo muito, como se uma infância de alegrias fosse um túnel sem fim dentro de nós.

Eu falei sobre o Olímpio, a Telma, o Antonísio, a Marta, a Lalinha.

De repente, nós duas ficamos em silêncio. Um silêncio comprido. Mas o riso estava na nossa alma e a gente retomou a conversa, com o riso a postos.

Por isso eu falo: a minha prima e eu temos muitas afinidades. A mais visível delas é a nossa capacidade de lembrar da infância e rir alto, rir muito, rir com sinceridade.

Mas nada me impede de querer saber mais coisas sobre o mistério da tragédia que aconteceu naquela época em que o Mauro e a Celina iam comemorar o primeiro aniversário de casamento em Brasília.

Presto atenção em todas as pessoas da família, sabe, Fabiano? Boto reparo em tudo o que dizem. Talvez a gente esteja perto de esmiuçar a verdade, aquela que realmente importa. A gente está aqui em Flores do Mato Longe, essa cidade estúrdia próxima à Serra da Saudade. Já temos o clima para segredos e revelações.

Sempre achei que o nome Flores do Mato Longe lembrava coisa complicada e triste. Mas agora estou começando a ficar velha e já dou conta de ver que Flores do Mato Longe é um nome muito mais poético e instigante do que complicado e triste.

Com o passar do tempo, a gente vê que sempre há outros sentidos, outros significados, outras possibilidades.

Eu quase me apaixonei pela prima terceira. Costumo ter esses rompantes. E só não aconteceu porque, de súbito, meus pés doeram muito e eu tive que botar compressas de gelo. Acabei esquecendo de me apaixonar.

A minha mãe, o Graziel, o Fabiano e eu estamos num quarto do andar térreo, o menor de todos, próximo à cozinha. O casarão tem oito quartos no andar de cima e dez no térreo. Nosso quarto é pequeno para quatro pessoas, mas estar perto da cozinha é uma grande vantagem para mim, que sou guloso e preguiçoso. Com toda a certeza, o Fabiano e o Graziel têm medo de dormir no mesmo quarto que eu, mas fingem que não têm, não tocam no assunto. Talvez a minha mãe também tenha medo, mas aposto que é um medo bem menor, entre mim e os meus irmãos é que a sanha é mais complexa.

Tragédia é paixão principal e fingir é técnica predileta.

Quase duas horas da manhã e o sono demora, fico escutando a respiração dos meus irmãos e da minha mãe dormindo. As camas deles ficam quase grudadas na porta, decerto para eles correrem e saírem rápido, caso eu os surpreenda com alguma coisa pesada, afiada ou cortante.

Sou ruínas da família.

Venta lá fora e o telhado resmunga. Daqui a pouco vai cantar um galo — funcionário público, vai bater seu ponto.

Todos dormem, menos eu.

De vez em quando é assim, a insônia vem brava, eu dano a pensar várias coisas ao mesmo tempo e a cabeça dói forte.

O remédio do psiquiatra parei de tomar por conta própria, estou testando o meu descontrole emocional. Faz mais de dois anos que parei com o remédio e até agora nunca mais agi com violência contra ninguém, mas, nunca se sabe, Graziel, ô Graziel, Fabiano, ô Fabiano, tomem cuidado, tomem muito cuidado.

A Alexandra sabe com quem está lidando e me espera a qualquer momento numa penumbra. É bem doidinha também.

A vizinha Gertrudes com os cotovelos no muro que separa as casas. A vó Celina, assim que acaba de estender a roupa lavada, aproxima-se do muro embolando as mãos no avental. Como vai a vida de casada, Celina? Um mar de rosas, Gertrudes, graças ao Sagrado Coração de Jesus. Fico feliz por você! Já o meu casamento é um martírio, mas não quero falar de coisas tristes com você, que é recém-casada e sonhadora. Ô Gertrudes, pode desabafar. Vizinha é para essas coisas. Eu sei, Celina, mas basta eu te dizer que o meu casamento é um martírio, não é mesmo? A sua imaginação continua a história.

A imaginação da Gertrudes deve continuar a história da vó Celina também, que só fala em mar de rosas. A Gertrudes deve saber que não existe mar de rosas em casamento nenhum, principalmente numa época em que a maioria das mulheres sofria calada.

Preciso pensar nos detalhes, porque alguém vai morrer, alguém vai ter que morrer. Talvez a prima que não gosta de tomar banho e vive enrolando uma mecha do cabelo entre os dedos. Quando ela põe o cabelo no nariz e cheira, está pedindo para ser assassinada. Talvez o primo do lábio cortado, não, ele não, eu gosto da singularidade dele. Talvez o primo que só fala de futebol. Ou a bisavó Alina, que parece não crer na loucura que eu possa vir a fazer. Que tal uma surpresinha. A senhora não acredita na possibilidade, bisa Alina. A senhora quase não sai do quarto.

Na hora do café da manhã, bisa Alina, observe as baratas no fundo das xícaras, o queijo lançado nas telhas, o pano de chão no cabelo da vó Celina, os gatos e os cachorros pendurados no varal, um jovem artista e seus delírios perigosos.

Olímpio

O avô materno da minha mãe.
Que pegou os óculos, colocou-os devagar, raspou a garganta e, da cadeira de palhinha da sala, fitou-se no espelho do console.
Em seguida me observou e:
Já estou muito velho. Já tenho todos os precipícios enfileirados diante de mim. Que posso fazer? Devo não arredar da vontade de tocar a minha sanfona e cair em todos os precipícios.
Eu me empolguei com os precipícios enfileirados. Um excelente começo.
Em desde que me desentendo por gente, só sei saber de música, de baile, de namoro. Fui um ausente para os meus filhos. Mas não me arrependo. Fui um artista acabrunhado, só isso. A Nelminda vive falando que estou condenado ao fogo dos infernos. Ai, ai. Ó Cristo Redentor. Quer dizer que um homem não merece o perdão e ponto-final?
Eu lembro bem. A Celina ficou sozinha com os sete filhos em Belo Horizonte, por modo de que o marido desorientado foi tentar recomeçar a vida na "capital da esperança". A Celina era a minha filha-mulher. Que eu abandonei quando ela tinha só três anos. Deixei ela com a Nelminda e o Serafim. Vai daí então eu tinha

a oportunidade de consertar um erro, de me redimir um pouco. Era só dar um adjutório para a Celina e os sete filhos, pronto, eu pagava um pouco a minha dívida com essa filha que eu desdenhei quando ela era criança.

Adjutório. Só para ouvir essa riqueza arcaica já valeu a pena estar aqui.

Não dei conta. Nem uma carta eu escrevi para ela. Fiquei sisudo lá em Várzea Linda, às vezes rezava por ela, bem rápido, porque não tenho paciência com embondo de reza. A sorte da Celina foi o Joamâncio, o irmão caçula, o meu filho caçula. O Joamâncio sustentou a irmã e os sobrinhos durante um bom tempo, até o dia em que a Celina e os meninos voltaram a morar com o Mauro.

O Joamâncio, o meu filho caçula, de certo modo me aliviou, me deixou menos culpado. Ele era meu filho. Quer dizer, o pai não era lá grande coisa, mas o filho compensava um pouco. O sangue do Olímpio não é tão ruim.

Então a Celina foi para Brasília com seis filhos, porque a mais velha estava estudando em Andrelândia. A Celina voltou a morar com o marido desorientado. Meses depois, a filha mais velha foi para Brasília também. E eles refizeram a vida. A cidade era a "capital da esperança" devera. Primeiro moraram num barraco de tábua, viviam em meio a muita poeira, diz que tinha redemunho o tempo todo. Mas foram se ajeitando. Eu visitei eles duas vezes. Conversei com os meninos, toquei sanfona e viola. Ninguém falou que eu era um avô nas mais das vezes ausente e egoísta. Decerto as meninas mais velhas, a Marcela e a Rúbia, pensavam isso de mim, mas não disseram nada, me trataram com apreço.

Tirou os óculos, limpou-os com uma flanelinha tirada do bolso da calça, guardou a flanelinha e tornou a pôr os óculos.

O Reginaldo se movimentou e continuou com as fotos.

Eu lembro bem. Na última visita que fiz a eles, a Marcela falou que tinha vontade de saber tocar um instrumento, falou que gos-

A valentia das personagens secundárias   **59**

tava de cantar, de ler, de escrever para o teatro. Eu fiquei olhando aquela menina sardenta e pensei: olha aí o meu sangue de artista, é forte, está nas veias dessa menina sardenta. Mas não disse nada para ela. Fiquei calado. Fiquei sério. Vai ver a Marcela pensou: ser artista deve ser coisa triste e ruim, porque o vô Olímpio fechou a cara quando eu disse que gostava de arte.

Eu lembro bem. Eu não dizia o que pensava. Muito menos o que sentia.

Uma pena, concorda, Fabiano?

Bisneto cinéfilo, revele e releve o meu silêncio.

Eu me levantei e me aproximei dele. Tive impulso de beijá-lo no rosto, mas me detive, com dor nos pés.

Marta

A tia-avó.

Que sacudiu o cabelão, com os olhos azuis faiscando no corredor do andar térreo. Depois, caminhou altiva, desceu os degraus que levavam à cozinha, fazendo um gesto para que eu e o Reginaldo a acompanhássemos.

Aproximou-se do fogão de lenha e:

Meu café é forte e ponho pouco açúcar. O frango eu faço ficar caipira, de tanto que refogo ele, deixo ele tostadinho, vira frango caipira, qualquer que seja o de granja.

O Reginaldo foi logo recusando o café e começou a colocar uma lente na máquina. Eu disse que aceitava, era movido a cafeína, ainda mais sabendo que o café da tia Marta era forte e com pouco açúcar.

Obrigada por tomar café comigo, Fabiano. Eu gosto de receber as pessoas, servir uma merenda, prosear. Mais tarde vou fazer o frango, está combinado que hoje o frango é por minha conta.

Sentado num tamborete, regulei a filmadora à medida que ela se movimentava. A que fazia o de granja virar caipira agia com desenvoltura, já sabia tudo da cozinha, o pó de café naquela vasilha, o açúcar naquela outra, rápido coou e me serviu uma xícara. Bebi um pouco do excelente café, pousei a xícara no pires na beira da mesa. Iria beber devagar, aproveitar cada gole.

Tia Marta serviu-se e começou a tomar seu café, recostada na pedra da pia, com os olhos borboleteando para lá e para cá.

Pois bem. Naquela época Brasília estava começando. Ia inteirar um ano de inauguração em 1961. A Celina mais o Mauro faziam aniversário de casamento no dia 21 de abril, junto com o aniversário da capital federal, olha só que chique. Os meninos ainda eram muito pequenos.

O barraco onde eles moravam era em Taguatinga, que todo mundo chamava de cidade-satélite. Lá em Brasília é assim, tudo parece coisa de cientista, futurista e modernidade, pois é. Fazia muito frio naquela época. Dizem que agora não faz mais tanto frio lá em Brasília, mas naquela época era um gelo.

Os meninos tremiam de frio, porque os cobertores não resolviam o exagero daquele frio de cidade nova descampada. Eu fiquei sabendo que eles tremiam de frio toda noite. Daí comprei cobertores felpudos e macios, mandei para eles pelo correio, lembro que eu tive alegria em arrumar a caixa com a encomenda.

Tia Marta dos olhos azuis. Tia Marta do cabelão.

Um mês depois, chegou uma carta no meu apartamento lá no Barro Preto, centro de Belo Horizonte. Uma carta da Celina. Com aquela letra linda dela. A Celina agradecia pelos cobertores. Dizia que estava tudo caminhando, que os meninos estavam estudando, que o Mauro aos poucos colocava a cabeça no lugar.

Lembro que fiquei pensando na Celina, durante vários dias. Ela casada com um homem que aos poucos colocava a cabeça no lugar. Eu falava para mim: Martinha, ainda bem que você nunca quis casar. Sorte sua, boba. Esperar um homem colocar a cabeça no lugar dá uma preguiça, crendeuspai. Dá uma gastura. Você merece viajar, passear e até namorar, quando quiser. Mas casar pra quê?

Eu bebia o café devagar, não queria que acabasse, era o café da tia Marta, mas teve um momento em que acabou e eu quis pedir mais.

Na nossa família costumam dizer que sou destrambelhada e avoadinha. Costumam dizer também que sou a mais bonitona de todas, olha só que exagero. Eu acho bom, porque sou vaidosa.

Prefiro ter fama de bonitona, avoadinha e destrambelhada.

Fama de traída, desprezada, maltratada, Divino Pai Eterno, isso eu não quero para mim.

Aceita mais café?

Bebo muita água e faço xixi toda hora. Neste banheiro perto da lavanderia, mais uma vez faço xixi e lembro que a bisavó Francisquinha prefere fazer no mato do quintal. Ela não usa calcinha, daí só precisa arreganhar bem as pernas e verter a água, toda aliviosa. Termino e lavo as mãos. Não tem toalha no banheiro, esqueceram de pôr, da próxima vez vou trazer a minha toalha de rosto. Enxugo as mãos no vento desta vez. Também, pudera. Tanta gente junta, fica puxado para a Amparo, que lava e passa a roupa de cama, toalhas e panos de prato, e ainda ajuda na limpeza dos quartos e banheiros.

Lembro da tia Marta e do bisavô Olímpio, das fotos ótimas, do café que preferi não tomar. Avisei para a tia Marta: não posso tomar café depois das três da tarde, me tira o sono, fico a noite inteira acordado. Se aqui tivesse café descafeinado, mas não tem, é óbvio; obrigado, tia.

Fico andando pelo quintal de um lado para o outro, tenho mania de andar de um lado para o outro, me faz bem.

O Graziel me ignora completamente aqui em Flores do Mato Longe, sai para jogar futebol com os primos, esquece que tem um irmão. Meu jazz e meu rock, não é nada disso, ele de vez em quando se aproxima e me chama, então digo que prefiro assessorar o Fabiano. Ele às vezes insiste, fala que fazer exercício físico é importante, teimo que prefiro ficar tirando fotos das pessoas e das coisas, ele sorri e me abraça, mas é bom pensar que ele me ignora completamente.

Continuo andando no quintal de um lado para o outro.

Vejam, tem dois pés de manga, dois de abacate, três de jabuticaba e um de goiaba. Nos canteiros do chão adubado tem abóbora, cebolinha, alface, couve, salsa e tomate. Quem cuida de tudo isso é o agregado Tiãozinho, que não ganha dinheiro nenhum com o trabalho, diz que o salário é a satisfação em cuidar das plantas, de paga ele tem só a comida e a cama num quartinho perto da lavanderia. Roupa o Tiãozinho praticamente não tem, mas diz que não precisa.

Ando de um lado para o outro e penso no Tiãozinho. Daqui a pouco ele vem regar as plantas. Ninguém admite, mas se trata de trabalho escravo. Ainda assim, tenho inveja da cabeça dele e do modo como cuida das plantas. Parece estar sempre contente e calmo. Eu podia ter coragem e perguntar: ô Tiãozinho, quer trocar de vida comigo?

E trocar de vida pode ser outra coisa, dano a pensar de novo que alguém vai morrer, alguém vai ter que morrer.

O Tiãozinho cuida das plantas e faria muita falta.

Preciso pensar nos detalhes.

Amparo

A lavadeira.

Que apertou o lenço no cabelo e se sentou num tamborete da varanda dos fundos. Olhou para as sandálias, ergueu um pouco os pés e:

Lavei roupa para a dona Celina durante anos a fio. No tempo em que ela ainda morava na rua Camanducaia. Ela era boa comigo. Me via como da família. Eu fazia o meu melhor, lavava e quarava a roupa com muito capricho. Deixava tudo seco e dobradinho, era só ela passar. A Celina sempre trabalhou demais, cuidava da casa, da filharada, era uma lida sem fim.

Do marido dela prefiro não falar nada. A não ser uma coisa: ele sempre me tratou bem.

A lavadeira não era da família, mas se sentia imprescindível e gostava disso; ela mesma sugerira se ajeitar numa cama de campanha da lavanderia. Lavava e passava a roupa de cama, toalhas e panos de prato, cuidava da limpeza dos quartos, varria o chão de todos os cômodos do sobrado, passava pano, tirava poeira dos móveis e higienizava as instalações. Quando pela primeira vez eu a ouvi dizer "instalações", ri muito. Para ela, banheiros eram instalações sanitárias. Ela dizia só instalações, e eu imaginei uma exposição de arte com as referidas instalações.

A Amparo continuou:

O irmão da dona Celina, o seu Joamâncio, era muito engraçado. Contava piada de um jeito que a gente ria até fazer xixi na calça. Nunca vi igual. Ele era um artista no contar piada. Sabia piada de tudo quanto é tipo que se pode imaginar. Tinha uma memória que só vendo.

O seu Joamâncio dava presente para os meus filhos, me perguntava sobre eles, parecia tio deles também. Dizia que o meu nome fazia jus ao meu trabalho e era poético! Eu antes não entendia direito isso. Maria do Amparo tinha lá a ver com poesia e fazer jus? Mas depois, com o tempo, a dona Celina me emprestava livros e eu desembestei a ler. Daí passei a entender esse embondo de poesia e fazer jus. O seu Joamâncio era um anjo. Tem hora eu penso que ele não é deste mundo, não. Maneira de dizer, claro, porque só existe este mundo. Não acredito em vida além dessa, não acredito em almas, até em Deus tem hora que eu não acredito.

Você ri. Você também tem essas dúvidas?

Mas o seu Joamâncio era um anjo, se é que me entende.

Você ri de novo. Eu sei que me entende.

Teve um dia, eu vi a dona Celina rezando e chorando ao mesmo tempo. Ela estava com o terço na mão, chorava e olhava para o Sagrado Coração de Jesus. No quartinho de costura. Eu gostava demais de entrar no quartinho de costura dela. Tinha todo tamanho e cor de lã. Tudo quanto é cor de linha também. E pano e tesoura e papel e agulha e lápis e botão. A dona Celina era uma costureira de mão-cheia. Agora ela não costura mais, prefere ficar lendo livros e mais livros. Também, pudera, ela já é de idade, não ia ser boba de ficar costurando dia e noite como fazia naquele tempo lá no Morro das Pedras. A dona Celina agora mora na capital federal. Quer dizer, pensando bem, ela continua costurando, não é mesmo?

Sorri para ela, que sorriu para mim.

A lavadeira lavava palavras também.

Eu sei que naquela época, de exato em 1961, bem no dia do aniversário de casamento, aconteceu com eles uma coisa muito estúrdia. Uma coisa bem estranha, mas eu não sei o que foi. Nunca me disseram.

Lembro direitinho das filhas dela, cada uma mais inteligente do que a outra. A mais nova, a Marcinha, sempre com um feitio de quem está pensando na vida. A Rejane, a mais bonita, também a mais alegre. A Rúbia, a mais brava. A Marcela, a mais sonhosa. Dos meninos eu lembro menos, mas lembro que o mais velho, o Túlio, quase matou a mãe quando nasceu. Ele nasceu muito doentinho, quase não vingou.

A vida é assim devera. Tem coisa que dá contentamento. Tem coisa que dá aborrecimento. Mas eu sempre achei a dona Celina muito pacienciosa. De que adiantava apavorar?

Eu tinha vontade de saber o que aconteceu naquela época. No dia do aniversário de casamento deles, que coincidiu com o primeiro aniversário da capital federal.

Dizem que foi uma tragédia feia.

No mais, está sendo bom esse encontro com todo mundo aqui na semana da Festa do Rosário.

Procissão e missa

Cacos por toda a varanda

Senhor Oliveira

O avô paterno da minha mãe.

Que se sentou no muro baixo de cimento vermelhão do alpendre, apoiando as costas num pilar de madeira. Os braços finos dobrados sobre os joelhos. E espichou o olhar até alcançar a Serra da Saudade:

Melhor eu explicar o meu nome primeiro. Sou Manuel Moura da Silva Oliveira, mas sou chamado de senhor Oliveira. É por causa do meu pai, sabe? Ele se chamava Pedro da Silva Oliveira, era muito famoso aqui em Flores, conhecido como senhor Oliveira. Passei a ser o senhor Oliveira depois que ele morreu. Continuei a história dele.

Um vento bagunçou o cabelo do continuador de história. Reginaldo me olhou e sorriu. Continuou fotografando, enquanto eu ouvia e filmava o nosso bisavô. O vento se fazia acintoso no alpendre e arrefecia a sensação de mormaço de agosto.

A minha vida é muito singela. Casei cedo com a Francisquinha, tivemos nossos filhos e nunca desejamos sair daqui de Flores. Mas os filhos quiseram ir morar em Belo Horizonte. Nós concordamos, ara, mas tá. Que eles fizessem o que achassem melhor.

E todos deram conta de organizar a vida rápido, menos o Mauro. Esse deu mais trabalho. Parecia que o Mauro tinha uma coisa muito forte dentro dele, e essa coisa ele tinha medo de mostrar, sabe? Um homem contido. Um homem fechado em si mesmo. Tinha hora eu pensava que ele pudesse ter herdado a doença do meu pai, que morreu louco, amarrado num pau de árvore. O velho senhor Oliveira.

Pensei no problema do Reginaldo. Tudo indicava uma herança genética. Havia transtorno por parte de mãe e de pai. Meu irmão não parava de fotografar, sempre cuidadoso e dedicado. Com certeza havia trazido meias nem muito claras nem muito escuras.

Quando aconteceu a tal da tragédia, no dia do primeiro aniversário de casamento deles lá em Brasília, pensei: vai ver o Mauro ficou doido de uma hora para a outra, igual ao velho senhor Oliveira.

Mas o Mauro não ficou louco. Ele apenas é um homem complicado. Ou é tímido demais ou então revela um gênio forte temperado na rudeza.

A Celina é uma nora de ouro. Criou os filhos de um jeito firme e amoroso. O Mauro teve muita sorte de encontrar essa filha de Maria na igreja Nossa Senhora das Dores. Os dois sofreram na época do namoro, porque os padrastos da Celina, a Nelminda e o Serafim, eram terríveis, proibiam os dois de se encontrar. A Nelminda mais o Serafim queriam que eles casassem sem se encontrar, olha só que coisa mais atrasada. A Francisquinha e eu pensamos de modo diferente, dávamos sempre um jeito dos dois se encontrarem escondido da Nelminda e do Serafim.

Pensei na Nelminda, que também era chamada de Tuca. A dona Tuca. Não pudera vir, que lástima. Ia ser divertido ouvir e filmar uma mulher que proibia a sobrinha-afilhada de se encontrar com o namorado. Suas teorias sobre casamento me fariam rir muito.

O senhor Oliveira ajeitou o cabelo bagunçado e:

Voltando ao assunto da tragédia de 1961 lá em Brasília, posso acrescentar mais o seguinte: o Mauro e a Celina nunca tocaram nesse assunto comigo. O pouco que sei foi contado por outras pessoas da família. Daí ser provável que muita coisa permaneça intricada e confusa.

Família é departamento de segredos.

Alina

A madrasta da vó Celina.

Que no quarto de janela fechada guardou o pente na gavetinha da penteadeira, esticou a colcha da cama e se sentou na beirada. Encompridou um silêncio de cerimônia. Depois, disse:

Quando eu casei com o Olímpio, sabia que ele era festeiro e mulherengo. Eu tinha certeza de que a minha vida dali para frente ia ser atormentada. E foi. Mas valeu a pena. De um modo torto, eu fui feliz com ele.

Os filhos dele, o Antonísio, o Joamâncio, a Celina mais o Chiquinho, os quatro gostavam muito de mim. Me tratavam com respeito. E quando nasceu a Telma, a irmã por parte de pai, eles quase derreteram de carinho com ela.

Observei o modo como permanecia sentada na beirada da cama, com as costas retas, elegante e austera. O Reginaldo a fotografava animadíssimo, mas de repente fez um gesto que precisava sair, queria ir ao banheiro, volta e meia isso acontecia.

Sempre morei em Várzea Linda. Mesmo depois da represa de Três Marias, quando as comportas abertas inundaram quase tudo e Várzea Linda praticamente acabou, eu quis continuar lá. Tenho um temperamento de bicho cismado, prefiro não sair de casa com muita frequência. Gosto de ficar sozinha comigo, acho que sei conversar com as coisas que me rodeiam.

O Joamâncio um dia falou que eu podia ser escritora, se quisesse. Bobagem dele. Eu não daria conta de me aprofundar nos mistérios das coisas que me circundam. Eu teria medo. Poderia até começar um livro. Ou dois ou três. E todos ficariam só no começo, largados, interrompidos de uma hora para a outra. Meu temperamento é assim, preguiçoso e arredio.

Portanto, é difícil falar alguma coisa sobre a Celina e o Mauro. Daquela época da mudança para Brasília. Do acontecimento esquisito. Simplesmente não tolero esmiuçar a tragédia. Rejeito entrar na casa do Mauro e da Celina, lá em Brasília, 1961, 21 de abril.

Escolho permanecer aqui, em Flores do Mato Longe, por ocasião desse encontro de pessoas da família. Encontro que você e a Marcela promoveram.

Bobagem tentar me convencer de que posso ser diferente, depois de tanto tempo de sisudez. Aliás, na nossa família tem muita gente fechada. E alguns são trancados, ouviu bem?

Ouvi bem e ela se calou por longos instantes, mantendo-se austera e elegante na beirada da cama. Mas assim que o Reginaldo voltou do banheiro, posicionou a câmera e recomeçou a fotografar, ela:

Eu interrompo de uma hora para outra. Eu tenho medo. Eu penso que não dou conta. Mas talvez um dia eu tenha a beleza da audácia de escrever um livro. Deixar de preguiça e fuga.

O Reginaldo registrou o silêncio que se seguiu na janela fechada, na elegância e na austeridade, na audácia da beleza da madrasta, no talvez um dia da mulher feliz de um modo torto.

Telma

A irmã por parte de pai da vó Celina.

Que no jardim da frente soltou uma gargalhada e disse:

Sempre fui desbocada. Solto coisas feias, mas hoje vou me conter. Não quero que saiam daqui dizendo que a irmã da avó de vocês é uma doida varrida que só fala trem que não presta.

Quase não encontro com a Celina, porque sou uma irmã que nasceu do segundo casamento do velho Olímpio, e a nossa vida lá em Várzea Linda teve um rumo muito diferente do que a vida da Celina tomou. Ela se mudou de Belo Horizonte para Brasília e ficou muito difícil uma visitar a outra. Condução naquela época era coisa que exauria a gente e eu sempre fui muito acomodada no meu canto. Não puxei ao meu pai, que adora sumir no mundo.

Estávamos em meio a roseiras e antúrios, ensolarada manhã. O Reginaldo parecia aflito, embora não se negasse a fotografar. O vestido estampado de verde e vermelho da tia Telma ornava com o jardim.

A Celina e eu somos duas irmãs que quase não se conhecem.

Quando aconteceu a tragédia, me deu sapituca de pegar o primeiro ônibus e encontrar a Celina o mais rápido possível. Cheguei a ir para a rodoviária. Cheguei a ficar na frente do guichê da venda de passagens.

Daí eu pensei: vou nada. Vai ser uma trabalheira inútil. Eu não poderia fazer nada de prático.

Naquela época eu ainda não tinha o pensamento de que um abraço é uma coisa prática. Uma coisa que resolve muitas coisas.

Eu me acomodei, como sempre.

Quase todo mundo da família se acomodou. Pelo que sei, ninguém correu para Brasília no intuito de socorrer a minha irmã e o marido dela.

De repente, a palavra "socorrer" me puxou pelos braços e me arrastou até a Serra da Saudade. Fui sentado mesmo, para evitar a dor nos pés, me deixei arrastar. O Reginaldo ficou me olhando sem entender. Na mesma rapidez, cheguei de volta ao jardim de rosas e antúrios.

Ajeitei o tripé e a filmadora.

Não assumi nenhum desconforto.

E a tia Telma:

Família mais desunida, crendeuspai.

Podem ficar sossegados. Não vou desembestar a xingar palavrão. A desbocada ainda se contém diante das suas jovens pessoas.

O Fabiano pensa que manda em mim. O Graziel me respeita, é até compreensivo, mas o meu irmão mais velho tem mania de mandar nas pessoas e eu sirvo de capacho muitas vezes. Não leve meias nem muito claras nem muito escuras. Ele sabe de alguma coisa e não explica, apenas recomendou as meias. É um mandão e me persegue.

Gosto de fotografar e concordei em fazer isso no encontro da família, mas tudo tem limite. Não vou estar às ordens do Fabiano toda hora que ele quiser, afinal, a Alexandra me espera em algum lugar em ruínas.

Além disso, gosto de tomar o café da manhã com calma, depois do banho que eu sei que é um pouco demorado, mas necessário. Quando tomo banho rápido, fico sentindo falta de alguma coisa. Vocês podem argumentar que é preciso economizar água, entendo e concordo. Na minha casa, economizo água ao lavar roupa só de quinze em quinze dias. No banho eu não consigo economizar muito, fico me lembrando dos detalhes das coisas, a água limpa as ideias também.

Penso em me livrar da tirania do Fabiano e preciso pensar nos detalhes.

Lembro da tia Cristina, "Vamos marcar um almoço aqui em casa?".

Lembro do tio Joanésio e o medo volta. Do jeito que me olha, com certeza tem ódio do meu cabelo. Diferentemente dos outros, que apenas me desprezam, ele me odeia e não disfarça. Se teve capacidade de entrar caladinho no armazém do irmão e pegar tudo que tinha dentro, se ousou dar lição a seu modo, tem tarimba para contratar alguém para me matar. Seu ódio é sua lei. Com aquele paletó encardido e aquelas — muito bem observadas pelo Fabiano — sobrancelhas de Monteiro Lobato, qualquer hora dessas vai madrugar e cumprimentar o capanga no alpendre. Vai dizer para o mocorongo: é aquele que anda de um lado para o outro sem parar. Dá um fim nele. Não quero saber como. Se vira. Você é muito bem pago. Tenho certeza de que ninguém nunca vai saber como foi que esse menino do cabelo desaforado desapareceu do casarão dos Oliveira. Obtive êxito em outros casos que pedi para você resolver, lembra? É meio reclamão, mas faz o serviço muito bem-feito. Agora vai lá na cozinha e pega um queijo, uma goiabada, um saco de farinha. Vai, anda, deixa de ser pasmado. Único bandido pasmado que eu conheço, que jecança, vai, anda!

Talvez seja apenas do tio Joanésio que eu deva me livrar e preciso pensar nos detalhes.

Mas, de repente na sala, em meio a tias e primas que entram esbaforidas, encaloradas, desodorantes vencidos, maquiagem deteriorada e mau hálito, doidas para tomar banho depois de tanta procissão e reza, vem a Alexandra, que parece que não estava com elas, vai ver estivera no alpendre se balançando numa rede, sonhava acordada, viu tias e primas chegando e resolveu entrar junto. Ela existe, já são mais de três da tarde, já tomou banho, eu sei quando a pessoa toma banho, bato os olhos e detecto, sou excelente em matéria de visão e olfato.

Assim que entra, a Alexandra me vê e se detém.

— Oi, fotógrafo.

Bem mais alto do que ela, baixo os olhos e observo o decote da blusa, a saia curta, as coxas e as pernas. Depois, analiso o olhar de oferta e pergunto:

— Vamos marcar a sessão de fotos?

— Perfeito. Onde e quando?

Meu coração é um cavalo disparado.

— Amanhã na lavanderia, depois da merenda da tarde, quando todo mundo costuma tirar um cochilo.

— Perfeito. Quero fotos muito lindas!

— Vou caprichar.

Ela se aproxima e mexe no meu cabelo. Sinto o seu hálito e a sua respiração. Quero beijá-la na boca, mas ela me empurra com força e diz:

— Amanhã na lavanderia.

Eu não aceito a recusa, puxo com delicadeza seu corpo, ela vai e concorda, a gente se beija na boca, beija com vontade, beija com fome e sede, com língua, insônia e ruínas, beija e beija. E beija.

Depois, quase sem fôlego, ela me olha aturdida e contente.

Eu sorrio e não tenho preguiça de imaginar como vai ser o próximo encontro com a prima que antes do meio-dia não existe e que depois do meio-dia não tem medo da loucura de existir.

Lalinha

A outra prima.

Que se levantou do sofá marrom, ficou cismarenta, silenciosa, fitando a cortina de uma das janelas da sala. Aos poucos, virou o rosto e:

Não sei o que contaram até agora, mas tenho certeza de que mais esconderam do que revelaram. A nossa família tem esse vezo de embutir, guarnecer tudo com uma colcha bem grossa. E isso passa de uma geração para outra, sabe?

Eu mesma. Quanta coisa vou deixar de falar. Sobre o Dejalmiro, por exemplo. Sobre o fato de eu nunca mais ter voltado para Brasília, o que muito me dói até hoje, porque sei que Brasília teria me dado mais oportunidades.

O Dejalmiro eu amei muito. Mas ele de repente parou de escrever para mim. Você, que ainda é jovem, deve entender o quanto a juventude sofre. A juventude é um flagelo.

Olhei para o Reginaldo, que olhou para mim.

Não dissemos nada e dissemos tudo.

E Lalinha:

Você pediu que cada um falasse um pouco sobre a Celina e o Mauro. Então, enquanto morei com eles lá em Brasília, de 1965 a 1968, vivi os três anos mais interessantes da minha vida. Primeiro, porque estava fazendo o curso normal, hoje se diz magistério, ia ser professora. Segundo, porque fiz muitas amizades. Terceiro, porque estava na capital da República, me sentia muito importante morando em Brasília. Pena que tive que voltar para Belo Horizonte e nunca mais pude rever aquele céu estupendo.

De 1965 a 1968, você sabe, teve muita confusão por causa do governo militar. Perseguições, prisões, atos institucionais. No final de 1968, o tal de AI-5, o mais severo de todos, a ditadura se consolidou. Mas, apesar de tudo, em Brasília eu estava tendo a oportunidade de estudar, coisa mais difícil em Belo Horizonte. Estava tendo também a oportunidade de ver uma cidade crescer.

Tenho muita saudade de Brasília. As pessoas do povo de lá são amorosas, trabalhadeiras, lutadoras. A sua mãe é um exemplo disso.

Mas preciso voltar a falar sobre a Celina e o Mauro. Quando fui morar com eles, sabia que tinha acontecido uma coisa muito trágica em 1961. Sabia que eles tinham passado por um grave problema exatamente no dia em que completaram doze anos de casados. Várias pessoas da família comentavam o assunto. Tinha gente que dizia que o Mauro tinha tocado fogo no cabelo lindo da Celina. Tinha gente que dizia que a Celina tinha ficado no alto de um prédio em construção, ameaçando se jogar de lá de cima, que teve até corpo de bombeiros para evitar a tragédia. Tinha gente que apenas dizia tragédia e pronto, não esclarecia mais nada.

Cheguei a rodear o assunto com a Celina, mas ela não quis contar.

Fazer o quê?

Eu botava reparo no modo como o Mauro tratava a Celina. Isso eu fazia sempre, para ver se descobria alguma coisa. Mas, pelo menos perto de mim, o Mauro sempre foi um homem fino.

Lalinha bonita no seu vestido tubinho preto, colar de prata, brincos de argola, pele clara e olhar suave. O Reginaldo não parava de fotografá-la.

Só uma vez eu vi a Celina angustiada, enquanto amassava rosca para o café do outro dia. Era de tarde e o sol estava quente. Ela ia colocar a massa para descansar. De repente, me viu entrando no quarto e me chamou. Botei reparo que ela estava com os olhos mareados de lágrimas. Perguntei se tinha acontecido alguma coisa. Aí ela disse: eu te chamei para dizer que a Geralda passou aqui mais cedo e pediu para você ir na casa dela, parece que vocês têm que terminar um trabalho e ela conseguiu o livro. Eu insisti: ô Celina, você está com algum problema? Sou sua prima primeira, não esquece disso. As nossas mães são irmãs, lembra? Ela foi e disse: Lalinha, vou ter que jogar fora essa massa, porque massa misturada com tristeza não dá rosca que preste. Ô Celina, eu posso fazer alguma coisa para ajudar? Pode sim, minha prima. Por favor, passa na padaria na volta e traz rosca de padaria mesmo. Toma o dinheiro, ó. Amanhã a gente vai ter rosca de padaria mesmo.

E assim foi. No outro dia, tivemos rosca de padaria no café da manhã.

E não é que a rosca estava era muito gostosa?

Lembrei da famosa rosca da minha vó Celina. Quando ela era mais jovem, amassava e deixava descansar ao sol, para crescer, explicava. Quando a massa era colocada no forno, os filhos esperavam o momento em que o cheiro da rosca ia começando a se espalhar. Daí, ficavam aspirando aquele cheiro de rosca fresquinha que aos poucos se espalhava pela casa inteira. A tia Rúbia fazia café e ia todo mundo para a mesa da cozinha.

Lembrei do meu cachorro Lóris, que um dia morreu no meu colo e dali a poucas horas eu enterrava num terreno baldio da Asa Norte. Terreno baldio sempre me desalenta e piora a dor nos meus pés.

Jaciara

A prima atriz.

Com o olhar mais luzente que eu já vi, andou um pouco de lá para cá na varanda dos fundos, um copo de cerveja na mão, depois parou, puxou um tamborete e se sentou diante de mim. Ficou me olhando como se perscrutasse meus pensamentos. Daí sorriu e disse, não sem antes engolir mais um pouco de cerveja:

Sou a louca da casa, como naquele livro que a sua mãe recomendou que você leia. Eu já li e me reconheci. Você, a sua mãe e eu somos os loucos da casa, fazer o quê? De certa forma, somos muito parecidos. Criamos e vivemos personagens.

Olhei para o Reginaldo, que subitamente parara de fotografar e fitava o ladrilho do chão da varanda. Certamente ele pensava: o louco da casa sou eu, todos sabem que sou eu; inventam outros de brincadeira, o de verdade sou eu. Tive pena e apreensão. Ainda bem que trouxera meias nem muito claras nem muito escuras.

Quando eu soube da tragédia, fiquei muito impressionada. Tenho mania de ficar impressionada. Aposto que você e a sua mãe também têm essa mania.

Sou a filha mais velha do padrinho da sua mãe.

Sou a filha do poeta e contador de piadas.

Sou a filha do Joamâncio.

Sou a filha da Bráulia.

Sou a louca da casa.

Teatral e linda a prima Jaciara. O Reginaldo a fotografou sob vários ângulos.

A tragédia me impressionou demais, fiquei vários dias só pensando nisso.

O que teria de fato acontecido? Eu me perguntava, zanzando pela casa.

Continuo pensando, mas agora de modo mais brando, porque o tempo dá estofo para a gente.

Essa ideia do encontro da sua mãe é coisa de louca mesmo!

Tanto faz que alguns já estejam mortos ou todos ainda estejam vivos, por um motivo ou outro alguns não se olham mais, não se gostam, apenas se toleram, fazem o sacrifício de respirar no mesmo recinto.

Família é celeiro de rancores.

Mas, quem sabe, talvez a sua revelação adoce um pouquinho esses alguns mais complicados, que se amargam em ressentimentos.

Aguardo a revelação da tragédia, seu filho da dramaturga.

Seu rapaz sem rumo certo, como dizia a Nelminda, a dona Tuca.

A dona Tuca dizia exatamente assim: artista é gente sem rumo certo, meu irmão Olímpio é artista, sei muito bem do que estou falando.

A prima primeira da minha mãe, minha prima segunda, riu alto. Fez uma pausa. Tomou o restinho da cerveja e palestrou:

A dona Tuca tem preconceito com artista, essa é a verdade. Qualquer vida é sem rumo certo! Cada um de nós é um misterioso ponto de partida para toda a sorte de enredos.

O que nos espera daqui a dois dias, por exemplo?

O que somos incapazes de suportar?

O ator do filme "Sociedade dos poetas mortos", o que dizia "aproveite o dia", "oh, Captain, my Captain", se suicidou, olha só a ironia.

O que somos capazes de fazer?

Ou, veja bem, o que não deveríamos, mas não queremos deixar de fazer?

Daí Jaciara arremessou o copo vazio no ladrilho do chão.

Espatifaram-se cacos por toda a varanda.

Em seguida, disse:

Nas novelas de televisão sempre tem esta cena. Alguém atira alguma coisa que quebra. A nossa família costuma preservar os objetos da casa, afinal, devagar com a louça, nada de calma que o Brasil é nosso, tudo custa dinheiro.

Mas eu sou a louca da casa.

O Reginaldo riu alto e eu senti uma fincada nos pés.

Todas as primas me chamam a atenção, mas a Jaciara é mais sucinta e poderosa, me leva para um paiol distante, eu entro no paiol e quem me aguarda é a Alexandra. Paiol que vira banheiro, me alivio de todos os modos, não paro de pensar na Jaciara.

Bem mais velha do que eu e casada, eu sei. O marido não pôde vir, está em Recife. Ela bem que podia mesmo ser a louca da casa e me esperar na lavanderia.

Fico pensando num jeito de convencê-la.

Só a Amparo entra lá e hoje não vai lavar nem passar roupa.

Escrevo um olhar-bilhete para a Jaciara.

Passa o tempo e não funciona o olhar-bilhete, a Jaciara finge que não entendeu, com certeza ri de mim, prefere atuar em outras cenas.

Então eu saio pelas ruas e ando sem parar.

Vejo restos de enfeites, tocos de cigarro, panfletos, latas de cerveja e refrigerante, recipientes de remédio para bebedeira, camisinhas, sujeiras típicas de uma festa que finge que não sabe o que um jovem artista com problema de cabeça pode vir a fazer.

Lembro da Alexandra. Ela deve estar me esperando na lavanderia para a sessão de nu artístico. Ela é chance de coisas que nem sei. O que será que fica fazendo até tarde, quando se enfia no quarto por volta das nove da noite e só sai de lá depois do meio-dia seguinte? Ainda vou descobrir que segredo é esse.

Então eu continuo andando pelas ruas e estou com fome. Sempre tenho muita fome. "Vamos marcar um almoço aqui em casa?" Às vezes, a comida demora demais e então me irrito. Até gosto de eu mesmo fazer a minha comida, mas aqui em Flores do Mato Longe, naquela cozinha em ruínas, não fico à vontade para mexer com panelas e mantimentos. As tias e primas trouxeram panelas modernas, leves e práticas, para substituir as de ferro — que, apesar de pesadas e difíceis de lavar, são bem mais bonitas.

Tá caindo flor, tá caindo flor, música despoletada no largo da igreja, nas ruas e no casarão, todo mundo canta essa música da folia da Festa do Rosário, agora parece que nunca mais vai sair da minha cabeça. Tá no céu, tá na terra, vocês acham que existe milagre? Tem hora que eu tenho dúvida, ou então milagre existe, sim, mas é de outras formas que acontece. Muito comodismo pedir para Nossa Senhora e esperar. Quando fiquei internado um ano na chácara Vívida Vida, ajudava no serviço da cozinha e na limpeza dos quartos. Foi difícil, mas consegui parar de misturar alucinógenos com amortecedores receitados pelo psiquiatra.

Tá caindo flor, tá caindo flor. Estou com fome e nenhum sinal de alguém na cozinha para fazer o almoço. Todos na rua, até eu na rua, hoje a cozinha foi abandonada, decerto combinaram de almoçar numa casa de festeiro, não lembro de que tenham me avisado. Nem o Fabiano, que não pode ficar andando muito tempo, nem ele está no casarão hoje, vai ver saiu de carro com a tia Marcinha, que é a madrinha dele e sempre o protege dos males deste mundo. A tia Marcinha é que é milagreira de fato.

Entro na cozinha da rua e abro os armários. Lembro de ratos, mas, por milagre do veneno que a bisavó Francisquinha providenciou no mês de julho, não há mais nenhum no velho casarão da rua. Encontro uma lata cheia de biscoitos de polvilho. Vou coar café. Por enquanto, tá caindo flor, tá caindo flor, tá no céu, tá na terra, tá caindo flor na minha fome, cadê a vasilha de esquentar água, será que tem chaleira, tem copo de alumínio, vamos lá. Milagre da fome e da necessidade é eu criar coragem de fazer café nesta cozinha antiga. Vou tomar café depois das três da tarde, vou ter insônia, tá caindo flor, tá caindo flor na cozinha da rua e eu rio alto. Uma mulher atravessa na minha frente e me olha com medo. Será que a Alexandra ainda está na lavanderia, talvez nem se lembre mais que marcou comigo, ou talvez se lembre, eu vi nos olhos dela uma oferta de nu artístico. Nesse caso, deve estar com uma raiva danada de mim. "Oi, Reginaldo. Espero que esteja bem. Sou a sua tia Cristina, irmã do seu pai. Procurei sua conta no Messenger para tentar reaproximar a nossa família." A tia sonha que isso vai dar certo?

Passagem das coroas e pagamento de promessas

Um cachorro latiu na casa ao lado

Marcinha

A minha madrinha e irmã caçula da minha mãe.

Primeiro, viu se todo mundo estava bem servido do doce de ovos que ela preparara com esmero. Olhou rápido para cada um, todos reunidos no alpendre, cada um mais solerte que o outro, finalmente a tragédia seria esclarecida.

Mantendo-se em pé, cruzou os braços e me olhou com os olhinhos pulando de ansiedade e preocupação:

O mais engraçado na Festa do Rosário é ver certas pessoas entrando de casa em casa, não para rezar ou cantar, mas com o intuito apenas de filar a boia.

Mas então. Você conversou em separado com vários parentes, já os filhos da Celina e do Mauro vão falar na frente de todo mundo. Crueldade com a gente.

Você ri, Fabiano. Mas vamos lá.

Sou a rapa do tacho, como diz o tio Joamâncio. Quando bem novinha e fazia coisa errada, as minhas irmãs me davam bronca, daí eu dizia: vocês não me olham! Eu punha a culpa nelas, era muito ladina.

Eu morria de medo do papai. Tremia debaixo da mesa quando ele brigava com a mamãe na hora do almoço. Uma imagem que não me sai da cabeça é a mesa posta e no centro dela uma travessa de macarronada. E de repente ele puxava a toalha da mesa, derrubando e espalhando no chão os pratos, os talheres, a travessa e a macarronada inteira, ô dó. Ele pisava na macarronada, fazia questão de amassar, sujar e estraçalhar bastante, para que ninguém ousasse comer do chão. A gente ficava com fome, só pensando naquela macarronada deliciosa que ele desperdiçou por causa do estado de nervo dele.

Pensei no estado de nervo que impera na família. Lembrei do velho senhor Oliveira que morreu louco e amarrado num tronco de árvore. Lembrei do Reginaldo, que não parava de fotografar, cada dia mais aflito e mais descontrolado.

E a tia-madrinha:

O tempo foi passando e as coisas mudaram. O papai começou a ajudar na cozinha, cortava e temperava a carne, lavava as verduras e as frutas, ajudava a mamãe recolher a roupa no varal.

Olhei para o vô Mauro e a vó Celina, abraçadinhos, sentados em tamboretes.

Lembro do papai acordando bem cedo e deixando o café pronto para a gente.

Ele saía para fazer caminhada.

Lembro dele beijando a mamãe.

É de ver que ela implicava com ele bastante. Tinha entojo da mania dele de querer almoçar cedo demais, dava onze horas da manhã e ele já queria almoçar, ela tinha acabado de tomar café, para ela ainda era cedo, mas o papai tinha madrugado e já estava com fome. Ele ia para a cozinha e começava a mexer nas panelas. Tirava as coisas do lugar e daí a mamãe se irritava.

A vó Celina e o vô Mauro sorriram. Estavam contentes, não mais havia brigas nem estados de nervo, tudo se acalmara e agora viviam abraçados, contentes. Vi que todos olhavam para eles.

Você quer que eu fale de mim, está bem.

Sorri para a tia-madrinha, que sorriu para mim.

Sou a filha que não se empolga.

Tudo o que eu faço é com capricho e cuidado, mas sem empolgação, sem entusiasmo, sem alegria, sem paixão, sem arrepio na pele.

A Marcela, por exemplo, é apaixonada pela dramaturgia, pelo teatro, pela ação dramática. A Rejane, por viajar e se aventurar pelo mundo. A Rúbia se empolga com as plantas, as pinturas e as aulas de piano.

Eu gosto de tudo o que faço.

Apenas gosto.

Sinto falta de sentir paixão.

Túlio

O irmão mais velho da minha mãe.
Que engoliu um pouco do doce de ovos, sentado no muro de cimento vermelhão do alpendre. Em seguida, me olhou com calma e:
Meu doce preferido. É também chamado de ambrosia.
Mas, hem. Eu sou o filho que quase matou a mãe. Nasci muito doente, praticamente morto e assassino, mas o doutor Juquinha me salvou e salvou a minha mãe também. Um bom médico é muito providencial no destino das pessoas.
Por falar em médico, meu pai sempre quis ter um filho médico.
Ainda sonha, não é, pai? Os netos e bisnetos podem resolver essa pendência um dia, quem sabe.
Estamos aqui reunidos.
Mas estamos unidos?
Um bom médico é muito providencial.
Mas, hem. Meu doce preferido.
Praticamente nasci morto e assassino.
Besteira essa história de querer um filho médico, o mais bonito seria um filho cientista. O meu pai era muito conservador. E preconceituoso também. Com os anos, mudou bastante, mas ainda tem uns atrasos de vida, não é, pai?

O vô Mauro baixou a cabeça, com um leve sorriso.

Eu maravilhado com a possibilidade rara de ver e ouvir parentes falando deles mesmos e dos outros, um pouco de coragem e um pouco de constrangimento. Era bem perigoso. Podia alguém se sentir ofendido demais e sair de modo intempestivo. E o tio Túlio:

Mas, hem. Meu doce preferido.

Ainda sonha, não é, pai?

Ontem amanheci meio zonzo, talvez eu esteja um pouco anêmico, vou fazer exames assim que voltar para casa.

O meu pai sempre foi um grande sonhador, verdade seja dita.

"Verdade seja dita" é boa frase, não é mesmo, Marcela?

Talvez eu esteja um pouco anêmico.

Mas, hem. Estamos aqui reunidos.

Eu sou o filho que quase matou a mãe.

Vou ao meu quarto e já volto.

Não voltou. A gente sabia que não voltaria. Só o vimos de novo no momento da esperadíssima revelação.

Muriel

O outro irmão da minha mãe.

Que tomou um pouco de água, em pé ao lado da porta que levava à sala. Sorriu e:

O doce de ovos da Marcinha está muito bom. Vou querer repetir. A Marcinha está de parabéns. Falando em quitanda boa, o Estênio inventou a história de que o pão de queijo da Marcinha é uma tragédia, porque um dia a massa não deu certo, mas foi só uma vez que a Marcinha errou na massa. Então a partir daí tem essa história: cuidado com o pão de queijo da Marcinha, pode quebrar seus dentes! Ô injustiça! Ela errou só uma vez! O Estênio é fogo, inventa uma história e pronto, espalha e vira verdade.

A parentada riu alto, até a própria Marcinha.

O fato é que a Marcinha é ótima quitandeira, isso sim.

Na nossa família tem muita gente que cozinha bem.

Agora, quando o assunto é sério demais, inventar e espalhar uma história na intenção de que ela vire verdade pode ser danoso. Vez ou outra a gente deveria partir de uma pequena brincadeira como essa para exemplificar o quanto uma mentira inventada e espalhada pode ser prejudicial, e às vezes até criminosa. Todo mundo sabe que a Marcinha faz ótimas quitandas e o Estênio é um brincalhão, daí a história do pão de queijo é só uma brincadeira, mas pensem nas inúmeras mentiras disseminadas pelo mundo, ardilosamente espalhadas por pessoas sem escrúpulos e sem dignidade, mentiras que são tomadas como verdades. Acabam criando um clima de ódio, às vezes de guerra mesmo, bem favorável e conveniente a quem inventou e espalhou.

Houve um silêncio estranho. O que se passava na cabeça de cada um? Quais verdades mentirosas? Regulei o tripé da filmadora, enquanto me lembrava, com tristeza e revolta, de algumas mentiras sórdidas vendidas como verdades no Brasil.

Tio Muriel:

Mas falando do assunto que nos trouxe para a Festa do Rosário em Flores do Mato Longe, a Rúbia e a Marcinha foram quem deram início à tragédia acontecida em 1961, uns anos antes de começar a ditadura no Brasil.

Na época, a gente não imaginava que o Brasil ia entrar num dos períodos mais tristes da sua história. Aliás, a gente demorou a entender, as informações eram muito confusas. Lembro que na geladeira tinha um decalque: JK 65. Ou seja, meu pai e minha mãe queriam o Juscelino de novo na presidência em 1965, o Juscelino do famoso slogan de campanha "50 anos em 5" poderia voltar em 1965. Lembro bem do pedacinho de plástico grudado na geladeira. Infelizmente, um ano antes, o decalque JK 65 não fazia mais sentido. A ditadura já estava fincada no Brasil. Na época, a gente não entendia quase nada, éramos novos demais, o que dava nas rádios é que a revolução ia salvar o Brasil do comunismo, que o Jango era comunista, que pouco tempo depois as eleições diretas voltariam a acontecer. Pouco tempo depois? A ditadura durou vinte e um anos!

O irônico e espantoso é que muitas pessoas hoje em dia apregoam a ideia de que uma ditadura militar seria a solução para os problemas políticos atuais.

Um burburinho percorreu o alpendre. Alguém tossiu e raspou a garganta, apontando o queixo para outro alguém, que levantou o queixo em sinal de que mantinha a ideia. E o tio Muriel:

São pessoas que deviam ler e estudar mais. Tomar conhecimento dos fatos históricos. Não se deixar enganar. Entender que ditadores são psicopatas. Que ditadura significa tortura, falta de liberdade, censura, mortes cruéis, prisões arbitrárias, injustiças de todo tipo, desrespeito aos direitos humanos, barbárie, desumanidade. Ou talvez essas pessoas sejam incendiárias. Existe uma teoria de que a humanidade se divide em dois tipos principais: os incendiários e os bombeiros.

O alguém do queixo levantado, o primo Eustáquio, sorriu tranquilo e decerto pensou: esse tio Muriel é um bobo, um metido a falar em política, mas não entende nada de política. Eu sei muito bem como as coisas funcionam. Só uma ditadura militar pode voltar a colocar as coisas nos seus devidos lugares, ainda que para isso seja preciso mandar matar muita gente, livrar o Brasil dessas ideias que atrapalham a ordem e o progresso.

O alguém do queixo levantado sorria tranquilo.

Eu lembro vagamente daquele dia do almoço trágico.

Era muito pequeno, mas lembro de um detalhe ou outro.

Meu pai era nervoso, brigava muito, principalmente com a minha mãe.

O tio Muriel falava devagar e se recostou no umbral da porta. Fez uma pausa e ficou olhando para o fundo do copo de água. Bebeu o resto e ergueu o olhar na direção do Reginaldo.

Meu irmão caçula continuou a fotografar e eu me ajeitei na cadeira, pensando no quanto era ruim para a saúde ficar tantas horas sentado, mas a dor nos pés ditava a conduta, era a minha ditadura. Teria que ser assim por quanto tempo?

E o tio Muriel:

Bonito é ver o avanço dos estudos na medicina. Depois de

muitos anos de nervosismo e discussões intermináveis, meu pai passou a tomar um remédio. Nem era tarja preta, um remédio que muita gente toma, e que meu pai, sem mais nem menos, decidiu tomar depois de se consultar com um bom clínico. A partir daí o velho Mauro foi ficando mais tranquilo, mais atencioso com todo mundo, mais falante e mais bem-humorado.

Não sou fã de remédios, só tomo em último caso, mas é bonito ver que a medicina pode fazer a mágica de melhorar a vida.

Sem mais nem menos, o Reginaldo pôs a máquina fotográfica no colo da tia Marcinha e correu para a rua.

Com a terrível dor nos pés, fiquei pensando que a medicina está atrasada e precária em vários aspectos. E que os estudos científicos no Brasil não recebem a atenção e o incentivo que deveriam receber.

Estênio

O irmão caçula da minha mãe.

*Que andou no meio de todos, fazendo graça com o jeito de imitar o vô
Mauro com uma xícara na mão. O vô Mauro levantava o dedo mindinho ao segurar uma xícara, o tio Estênio fazia exatamente igual.
Todos riram, até o vô Mauro.*

Em seguida, o filho mais novo do vô Mauro me olhou e:

Puxei o tio Joamâncio, gosto de fazer graça.

O nosso encontro já é engraçado por si só! Nesses dias tenho
visto e ouvido cada uma, vou te contar, não, não vou te contar,
melhor não.

*Risos e comentários em voz baixa alastraram o alpendre. E depois
o tio Estênio:*

Quero retomar o assunto da solução para os problemas políticos atuais. E não me venham dizer que não querem saber de
política! Tudo é política. A nossa decisão em reunir a família para
finalmente ouvir a verdade sobre uma história contada e repetida
é um ato político. O Muriel começou o assunto e eu quero prosseguir. Ele falou em dignidade e daí me lembrei de uma frase famosa, uma frase bonita e importante, seria bom a gente pensar no
que diz essa frase, antes da revelação da tragédia de 1961.

Eu sabia que o tio Estênio daria continuidade ao que o tio Muriel dissera, pois sempre falava de civilizações, progressos e retrocessos. Havíamos feito um intervalo de meia hora, o Reginaldo tinha voltado da rua e estava solícito, tirava fotos com um sorriso brando.

Estamos em mais uma crise gravíssima e muita coisa lastimável acontece no Brasil. Nas famílias, há brigas horríveis por causa de divergências. Algumas pessoas deixaram de se ver e conversar por um tempo. Outras dizem ter cortado para sempre de suas vidas determinados familiares, não suportam mais ouvir o que eles defendem, abismos se criaram.

Está muito difícil conviver. Entre bombeiros e incendiários, o país em chamas de injustiça e cinismo precisa, principalmente, de dignidade.

Tio Estênio olhou para a minha mãe.

A Marcela costuma repetir uma frase da peça "O santo inquérito", do Dias Gomes.

"Há um mínimo de dignidade que não se pode negociar, nem mesmo em troca da liberdade, nem mesmo em troca do sol."

Minha mãe recitou, olhando rápido para o tio Estênio, em seguida fitou os olhos de cada um dos familiares, bem devagar, repetindo a frase, em busca do olhar de todos, e se manteve na busca, bem calma e firmemente, enquanto o tio Estênio repetia pela terceira vez: "Há um mínimo de dignidade que não se pode negociar, nem mesmo em troca da liberdade, nem mesmo em troca do sol".

Palavras! Teatro! Poesia! Perca de tempo!

Gritou Eustáquio.

Doeu nos ouvidos o "perca" de tempo, mas doeu muito mais a ideia de que a arte é perda de tempo. Que havia reacionários na família eu sabia. Que havia todo tipo de preconceito. No entanto, embora a ideia doesse, era a voz do primo Eustáquio, era a sua coragem em dizer o que pensava, muito melhor do que fingir, eu admitia.

Tio Estênio:

Por falar em palavras, teatro e poesia, que tal a gente encenar um breve inquérito?

Todos se moveram, alguns com timidez, outros com visível empolgação. Eustáquio, todo alvoroçado, mais uma vez demonstrou coragem e fez a pergunta:

A arte serve para quê?

Lalinha:

Para a gente não desistir da vida.

Bisavó Alina:

Para a gente ver a beleza da vida.

Tia Rejane:

Para a gente esquecer das tristezas da vida.

Tia Rúbia:

Para conhecer outros tipos de vida.

Tio Joamâncio:

Para rir da vida.

A minha mãe:

Para descobrir os sentidos da vida.

O Eustáquio ficou balançando a cabeça, insatisfeito. Depois, disse:

A arte tira as pessoas do foco. E o foco é ganhar dinheiro. Parem de fingir, todo mundo quer é ganhar dinheiro!

Bisavó Francisquinha:

Tem arte que dá muito dinheiro, viu, Eustáquio? Exemplo, a arte da guerra. Destrói, mata e deixa cada vez mais ricos os fabricantes de armas.

Fez uma pausa, ficou olhando para o Eustáquio, sorriu com doçura para ele. E completou:

Tá caindo flor, tá caindo flor. A nossa família prefere arte que gosta da vida, não da morte. Dinheiro é bom, mas dignidade é mais indispensável. Se o dinheiro envolve, Eustáquio, a dignidade desenvolve. Tá no céu, tá na terra, tá caindo flor.

Ao constatar que a bisavó Francisquinha não bagunçara as palavras como de hábito, brincara com elas de modo mais sério, despetalou palavras numa cantoria de Festa do Rosário, ela que era devota da santa do Congado, envolveu, desenvolveu, então Eustáquio sorriu amavelmente para ela, talvez não pensando muito sobre o que ouvira, mas respeitando, e eu o admirei por isso. Do respeito poderia vir uma boa mudança.

Tio Estênio:
Quem mais quer responder à pergunta?! A arte serve para quê?

Bisavô Olímpio:
Para viajar com a sanfona!

Vô Mauro:
Para fazer um frango de granja virar frango caipira.

Vó Celina:
Para ter uma área mágica.

Alexandra:
Para pensar e se encantar!

Bisavô Oliveira:
Para restaurar um casarão em ruínas.

Essa resposta ficou ressoando em nós. Ficou ecoando nas paredes dos nossos ouvidos, que queriam se fazer de surdos, mas não podiam. Não deviam. Cada um de nós era um casarão em ruínas. Um tipo de tragédia no mundo. Eram tantas as dores de cada um. Bom seria sonhar que para cada casarão em ruínas, seja ele erguido com tijolos, cimento, madeira e ferro, ou escrito com memórias, liberdade e sentimento, sempre haverá a arte da restauração.

Com certeza muitos de nós queriam também responder à pergunta "a arte serve para quê?", mas a resposta do bisavô Oliveira parecia se perpetuar naqueles instantes que se seguiram. Talvez fosse a resposta que buscávamos desde o primeiro instante no casarão. Estávamos todos dispostos a alguma coisa que ainda desconhecíamos, mas que talvez pudesse ser encontrada naqueles dias de convívio na semana da Festa do Rosário. Feliz ou infeliz à sua maneira, a nossa família dizia um pouco do que pensava ao não dizer mais nada e ficar apenas ouvindo, ininterruptamente, por longos minutos inesquecíveis, a resposta do bisavô Oliveira.

Para restaurar um casarão em ruínas.

Cada um de nós era um casarão em ruínas.

Um tipo de tragédia no mundo.

O Reginaldo andava de um lado para o outro, de repente estancava o passo e fotografava ora uma tia, ora um primo, ora um irmão, ora um tio.

De repente, a bisavó Francisquinha disparou:

Tem doce de mamão que a Natércia acabou de trazer! E digo mais: as mulheres, os negros e os homossexuais da nossa família enfrentam mais dificulidades do que os outros. Tudo para eles é de maior complicança. Querexijo mais respeito para com as mulheres, os negros e os homossexuais da nossa família! Isso é dignidade.

A parentada arregalou os olhos. Um burburinho aflito espraiou-se no alpendre. Homossexuais entre nós? Nunca ouvi falar disso. Larga a mão de ser fingida, menina. Eu já ouvi e tudo bem. Que assunto complicado. Ainda não sabe? Que situação! Deixem de preconceito. Se a sexualidade de alguém te incomoda, o problema é seu, aprenda isso. Nossa, que mundo é esse? Melhor mudar de assunto, gente. E essa história de negros sofrerem mais, que exagero. Exagero? Põe a mão na consciência, por favor. A mulher ainda tem muito o que conquistar. Bota reparo e você vai ver que relacionamento abusivo é o que não falta; com a desculpa do ciúme, tem marido que proíbe a mulher de conversar com amigos, proíbe decote, proíbe saia curta. Por mim, está tudo bem, não reclamo. Deixa de ser egoísta, criatura.

A filmadora, em posição de panorâmica, gravou todo mundo.

Com certeza a dona Marcela ficou pensando em "dificuldade", "complicança", "querexijo". Vai usar o verbo "querexigir" em algum momento na sua dramaturgia.

A máquina, entre as mãos firmes do Reginaldo, registrou bem de perto o rosto do primo Eustáquio, que riu alto:

Vamos encher a pança de doce de mamão da Natércia!

Mas ninguém acompanhou o riso dele.

Todos ainda ouviam.

Mais respeito para com as mulheres, os negros e os homossexuais da nossa família.

Isso é dignidade.

Para restaurar um casarão em ruínas.

Depois, o tio Estênio:

Como diz Pablo Picasso, "a arte é a mentira que nos permite conhecer a verdade".

Jaciara, a atriz:

Eu digo que a arte se serve de cada um de nós. A arte serve ao mundo todo o mistério e toda a tragédia de cada um de nós. E sendo arte, é capaz de restaurar as ruínas de cada um de nós.

O Reginaldo correu até o portão e de lá fez um registro panorâmico da família no alpendre.

Quem depois quiser observar verá muitos detalhes, até uma radiante infelicidade feliz estampada em foto de família.

Rúbia

A irmã geniosa.

Que ajeitou o cabelo de escova progressiva, puxou um tamborete e sentou-se depressa.

Eu estava atendendo um telefonema, me desculpem o atraso.

Todo mundo riu, a tia Rúbia tinha o intestino solto demais, qualquer coisa menos usual provocava dor de barriga e várias idas ao banheiro, quer dizer, vários telefonemas.

O Reginaldo, sorriso brando, começou a tirar fotos da tia Rúbia, que:

Estamos reunidos e isso é esplendoroso, afinal, a nossa família precisava de um encontro assim faz tempos.

Eu olho para cada um de vocês e imagino o quanto há de tristeza, angústia, mágoa e rancor. Mas estamos reunidos, de certa forma queremos consertar, restaurar. E hoje, especificamente, vamos ouvir a revelação da tragédia de 1961. Vamos ouvir uma verdade.

A tia Rúbia de vez em quando coçava a ponta do nariz com o punho da mão direita e fungava, decerto era a falta do cigarro, a tia Marcinha pedira que ela não fumasse naquela hora. Ainda estávamos todos pensativos com o breve inquérito, a resposta do bisavô Oliveira

ainda ressoava em nós, as pétalas apalavradas da bisavó Francisqui-
nha ainda nos tocavam, mas agora era preciso ouvir a tia Rúbia, que
mais uma vez coçou a ponta do nariz, fungou e:

Tudo começou comigo e a Marcinha, que naquela tarde triste de 1961 ouvimos o anúncio da tragédia. Éramos duas meninas tensas e atentas a tudo. Enquanto a mais velha, a Marcela, só queria saber de livros e sonhos, e a Rejane vivia fugindo de casa, a Marcinha e eu cuidávamos das coisas práticas. O Estênio brigou com o Muriel? Vamos lá dar um jeito de os dois fazerem as pazes. O Túlio não terminou os deveres da escola? Vamos lá averiguar isso. A mamãe está internada no hospital e a gente não tem empregada, então vamos ao mercadinho comprar mantimentos, fazendo muita economia, claro, trazer apenas o estritamente necessário. Depois, vamos fazer o almoço e a janta, vamos preparar um molho de massa de tomate que deixa saudade até hoje. Vamos arrumar a mesa, pôr um jarro de flores, tirar a louça da cristaleira e usar. A mamãe só usa quando tem visita, mas a gente vai usar pelo menos hoje, que é domingo. Hoje é domingo, pois é, hoje é domingo, para de tremer de medo, Marcinha, o papai costuma beber e ficar mais nervoso no domingo, a gente sabe, mas, vamos cuidar para que a nossa casa esteja limpa e bonita, a nossa comida esteja muito gostosa, os nossos irmãos estejam asseados. Na nossa família sempre tem uma valentia, como diz o papai. Aliás, sou muito parecida com ele. Nós dois somos de escorpião. Temos a fama de difíceis.

Todos olharam para o vô Mauro e depois para a tia Rúbia.

Uma fungada e uma coçada no nariz.

Sou tida como geniosa.

Dos sete irmãos, a Marcela é a genial e eu sou a geniosa.

Podem achar que tenho inveja da Marcela.

Talvez tenha, um pouco, principalmente quando lembro que

A valentia das personagens secundárias

ela podia ficar lendo e sonhando, enquanto a Marcinha e eu tínhamos que cuidar das coisas práticas.

Mais um burburinho percorreu o alpendre. Ler e sonhar também são coisas práticas, pensei.

Minha mãe não obrigava a Marcela a ajudar a gente, deixava a sonhadora grudada nos livros por horas e horas, a Marcinha e eu que cuidássemos dos afazeres domésticos. Quando a comida estava pronta, a sonhadora se desgrudava dos livros e se empanturrava, toda folgada. De certo modo, até hoje a Marcela é assim. Hoje em dia eu entendo e até rio disso. A Marcela não tem vocação para as prendas domésticas. Aliás, quem fez curso de Economia Doméstica fui eu.

Cada um com a sua vocação.

Uma fungada e uma coçada no nariz.

Voltando a falar de inveja, a Marcela deve ter inveja da minha coragem diante da morte. Se necessário, preparo gente morta. Dou banho e visto roupa em gente morta. Enfeito o caixão. E ela?

A genial sorriu para a geniosa, que sorriu para ela:

É uma plasta, uma manteiga derretida, uma pamonha, como diz o papai.

Rejane

A irmã toda errada.

Que, entre uma colherada e outra de doce de ovos, disse:

Eu sou a de miolo mole, a que diz as coisas sem pensar, a que foge de casa, a que não tem medo do escuro.

Quando éramos crianças lá no Morro das Pedras, eu era aquela que ia para o meio do quintal à noite. A pedido das minhas irmãs, ia sozinha, ia ver se tinha fantasma, se tinha ladrão. Nunca tive medo do escuro.

O Reginaldo soltou uma risada alta e continuou fotografando. Sempre que ria alto assim, todo mundo se olhava rapidamente, era do conhecimento de todos que o meu irmão caçula tinha mania de rir alto. Ria sozinho, nas mais das vezes só ele sabendo o motivo.

A irmã toda errada:

Quebrei o braço quando tinha quatro anos e vi que as minhas irmãs ficaram com inveja, porque o meu pai cuidou de mim. Ele era sério e distante com todos os filhos, mas de mim ele sempre cuidou e isso causava inveja.

Falando em inveja, sentimento presente a quase toda hora, as nossas primas até hoje têm inveja de mim e das minhas irmãs, simplesmente porque a gente mora na capital da República. A gente foi embora de Belo Horizonte e teve mais chances de estudo em Brasília. Reviramos a história da gente, e isso as nossas primas não perdoam. Elas preferiam que a gente tivesse ficado no Morro das Pedras, à mercê da miséria e da fome, porque a minha mãe não trabalhava fora e dependia do dinheiro do meu pai.

Olhares e mais olhares entrecruzados, e a tia toda errada não parava.

Quando o meu pai foi para Brasília, ficamos meses e meses dependendo dos tios, principalmente do tio Joamâncio, que era o mais generoso e gostava da gente de verdade.

Alastrou-se no alpendre a sensação de desconforto e apreensão. Era de se esperar, afinal, quem falava era a tia Rejane.

E a que não tem medo do escuro:

Teve uma vez, a Rúbia foi passear com o Muriel na casa da tia Gelcira. O Muriel ainda era neném e acabou fazendo xixi e cocô na roupa. A Rúbia imaginou que a tia Gelcira fosse providenciar uma roupa limpa para vestir nele, mas querem saber o que foi que a tia Gelcira fez? Vai ver ela achava que a Rúbia não devia ter ido com o neném para a casa dela.

Vai ver ela pensava assim: por que essa menina não deixou o neném em casa? Essas meninas desorientadas do Mauro! Inventam moda! Por que não quietam o facho na casa delas? Vêm para a minha casa no intento de tomar café e comer bolo. A Celina é esforçada, coitada, faz bolo, rosca e biscoito de queijo, mas com certeza depois que o Mauro foi para Brasília a situação apertou, eles só não passam fome porque os tios ajudam, então essas meninas regateiras deviam entender que o certo é ficar em casa e viver o destino delas, viver as consequências dos atos do pai delas, não tenho nada com isso. Agora esse neném faz xixi e cocô na roupa aqui em casa! Eu é que não vou pegar roupa dos meus meninos e vestir nele, eu não, depois a roupa não volta. Decerto volta, sim, porque a Celina é caprichosa, é costureira das boas, mas, para a minha garantia, é melhor eu pegar umas folhas de jornal e embrulhar esse neném nas folhas de jornal. Daí pronto, a Rúbia leva o menino de volta para casa, embrulhado nas folhas de jornal, sim, tomara que sirva de lição e as meninas da Celina parem de guindar na rua.

Não era para comentar isso? Eita diacho. Mas eu sou a toda errada.

Marcela

A minha mãe. *Estatura média, braços gordos, magro o restante do corpo, em pé, mas com as costas apoiadas na parede, caderninho na mão, fitou cada um de nós, silenciosa e demoradamente. Deve ter pensado coisas que jamais diria. Todos a olhavam e então havia muitos pensamentos que jamais seriam ditos. Uma vez ela me contou que vive imaginando um enorme livro, um livro com os pensamentos que jamais seriam ditos, mas estavam no livro, em puro estado de livro. Bastava que alguém o abrisse e todos os pensamentos seriam ouvidos. Mas quem teria essa coragem de abrir o livro dos pensamentos que jamais seriam ditos? Ela perguntava. E ela mesma respondia: qualquer pessoa que queira assistir a uma bela peça de teatro, ver um belo filme ou ler um belo livro, pois na arte sempre há o que não foi dito, o que não foi mostrado, o que mora no silêncio. Qualquer pessoa, portanto, nasceu para abrir e ouvir o livro dos pensamentos que jamais seriam ditos.*

O Reginaldo a fotografou bem de perto, sob vários ângulos. Gostava de fotografar a nossa mãe. Eu sorri para ela, que sorriu para mim e:

A Gracinha me contou que lembrou do início do romance "Anna Karenina", do Tolstói, em que ele diz que "todas as famílias felizes se parecem, mas cada família infeliz é infeliz à sua maneira", e eu também gosto de lembrar desse magistral início de romance.

Qual seria a principal maneira de ser infeliz da nossa família? Ou quem sabe a nossa família se parece com as famílias felizes. Existem famílias felizes?

O que realmente importa é saber que muitos de nós aceitamos o convite para estar aqui na semana da Festa do Rosário. Alguns não puderam vir, mas uma boa parte veio e então a tragédia de 1961 finalmente será esclarecida.

Com as costas na parede, manteve-se de pé e guardou o caderninho no bolso da calça jeans. Cruzou uma perna sobre a outra, um pé totalmente apoiado no chão e outro na vertical, só a ponta do sapato se apoiava no chão. Ajeitou o cabelo detrás das orelhas e continuou:

O casarão comporta todo mundo. É uma beleza de sobrado de dois andares com dezoito quartos, oito no andar de cima e dez no térreo, sala de estar gigantesca, alpendre enorme e jardim na frente, nos fundos tem a cozinha grande, boa lavanderia, a varanda e o quintal. Banheiros eram apenas dois, um no andar de cima e outro no andar de baixo, porque antigamente não se pensava em suítes, mas o vô senhor Oliveira, assim que herdou o casarão, providenciou três banheiros perto da lavanderia. Banheiros simples, sem azulejo, mas suficientemente bons àquilo a que se destinam.

A dramaturga também não se referia à falta de conservação do sobrado. Visíveis estragos não eram ignorados, mas ninguém tinha o brio e a coragem de mencionar o fato de que os bisavós eram pobres demais, não podiam arcar com nenhuma restauração e, portanto, cabia aos herdeiros tratar de não permitir que de um momento para o outro paredes e telhados desabassem. Também não vinha à baila o detalhe de que os dezoito quartos se deviam a um tempo em que o casarão havia sido um prostíbulo. Os Oliveira herdaram um prostíbulo. Mas falar nisso? Ninguém falaria, nem mesmo ela, tão defensora da tensão dramática.

A valentia das personagens secundárias **113**

Na maior parte do tempo sozinhos num casarão pouquíssimas vezes visitado pelo restante da família, os bisavós um dia estariam mortos. Então, bem provável que o prostíbulo fosse reformado. Cada quarto ganharia um banheiro. O lupanar — palavra que acho bem bonita — viraria um casarão com várias suítes, uma pousada charmosa. Uma pousada charmosa poderá ser mencionada a todo instante. Temos o conforto necessário para o nosso desconforto habitual. Estar vivo é estar desconfortável.

Ela não ia perder a oportunidade. Sempre que podia, falava de desconforto. "Estar vivo é estar desconfortável" era um dos seus bordões. O Reginaldo se esmerava nas fotos e eu me senti desconfortável, com dor nos pés.

Seja dentro deste casarão, seja entre as cantorias e as rezas nas ruas e casas, cada um tem seus sentimentos, seu modo de conduzir ou se deixar levar. Cada um tem sua maneira de sobreviver. Uns acreditam em Nossa Senhora do Rosário, outros só acreditam no próprio esforço. E tem aqueles que não acreditam em nada, vivem desanimados e cabisbaixos.

De um modo ou de outro, estamos todos desconfortáveis.

Mas concordamos em estar juntos e isso é tocante.

Um cachorro latiu na casa ao lado. Lembrei do Lóris e senti uma saudade que doía tanto quanto doíam os meus pés.

Estamos juntos no cumprimento de uma promessa que é a de ouvir uma história, a versão verdadeira de um fato ocorrido na década de 1960.

Qual foi a tragédia que houve com a Celina e o Mauro no dia 21 de abril de 1961, quando eles completavam doze anos de casados e Brasília comemorava um ano de inauguração? Muito já se conjeturou sobre isso. Nós, os filhos da Celina e do Mauro, guardamos com eles o fato verdadeiro. Mas como a Rúbia e a Marcinha fizeram o favor de espalhar que aconteceu uma tragédia, cada membro do restante da família Oliveira imaginou a tragédia que quis.

É de ver que esses dias de Festa do Rosário se tornam a nossa festa, nossos dias de segredos e revelações. Talvez, daqui a pouco, a gente finalmente descubra qual a principal maneira de ser feliz da nossa família.

Descida dos mastros

Vamos sentir saudade

Graziel

O filho do meio.
Que nesses dias da Festa do Rosário fez caricaturas de todo mundo, sempre gostou de desenhar, suas caricaturas faziam rir e refletir, porque nelas era visível a marca pessoal de cada um. Naquele instante, veio gingando como se fosse dançar, espantoso isso, afinal era tímido, só se soltava nos desenhos, e agora gingava. Mas, de repente, parou no meio do alpendre, observou o ladrilho antigo e:

Este alpendre é monumental, pega a frente do casarão inteiro, cabe todo mundo nele, tem redes, tem tamboretes, tem cadeiras de vime, tem vasos de planta, tem este bonito ladrilho hidráulico, tem o muro de cimento vermelhão.

Passar a Festa do Rosário com a família quase toda? Sinceramente, eu achava isso impossível. Quando a minha mãe dava essa ideia, eu pensava, ela endoidou de vez, reunir a família no casarão de Flores do Mato Longe é projeto de fracasso, cada um tem seus afazeres, seus interesses inegociáveis, e principalmente devido ao fato de que existem ressentimentos e mágoas entre nós.

Quantas e quais coisas deveriam ter sido esclarecidas e certamente permanecerão obscuras?

Quantas e quais coisas não queremos ouvir?

Quantas e quais coisas não queremos entender?

Eu não esperava que o meu irmão Graziel dissesse isso. Ainda mais desse modo pomposo e ritmado. Foi uma bela surpresa. Outro burburinho no alpendre inteiro. E ele:

Para alguns aqui, o melhor seria que a família não se olhasse mais, não se telefonasse, não se encontrasse. Mas a minha mãe convidou para a revelação da tragédia de Brasília em 1961. Essa tragédia é tão forte na nossa família, que por causa dela todos nós não hesitamos em vir para esse encontro no casarão dos bisavós, a nossa sacudida-sai-cedo dona Francisquinha e o nosso circunspecto senhor Oliveira.

Tudo começou com o que foi dito e repetido quinhentas vezes pela tia Marcinha e pela tia Rúbia. Essas minhas tias! A verdade é que são elas as responsáveis por estarmos aqui.

Depois de uma longa pausa, meu surpreendente irmão terminou assim:

Somos a família apaixonada por tragédia.

E para quem tem fama de que não gosta de falar, até que me saí bem, não é mesmo, vô Mauro?

Reginaldo

O filho caçula.

Com uma tigela cheia de doce de ovos, repetia pela terceira vez. Havíamos feito uma pausa para a merenda da tarde, tínhamos ido para a cozinha, a tia Marcinha providenciara café e broinhas de fubá de canjica. Um vento forte havia desacomodado as pessoas no alpendre, caíra uma chuva pesada e um frio resoluto varou as paredes gretadas do casarão. O café com broinhas de fubá de canjica reavivou todo mundo. Voltáramos para o alpendre, a chuva parava aos poucos, estávamos todos animados com a revelação da tragédia. Todos sabíamos que depois do Reginaldo eu teria a fala final, roteiro previamente explicado a todos, que entraram no jogo, na procissão, no bailado, na festa, na rezação, na cantoria, tá caindo flor, tá caindo flor.

E o Reginaldo:

Eu sou quem mais se parece com o bisavô Olímpio, porque também sou músico. Não tenho a alma aventureira dele, gosto de ficar quieto dentro de casa, no máximo às vezes fico andando pelas ruas, não preciso sumir no mundo, mas a inclinação para a música eu herdei dele. Gosto de fotografia também, vocês viram isso, mas a minha paixão é a música, apesar de não ter paciência de estudar música. Quer dizer, às vezes até estudo, mas sozinho, não aguento escola nem professor.

Pensei no quanto o Reginaldo era impaciente com tudo, menos com ficar à toa, zanzando pela casa. Lembrei dos surtos horríveis na época em que misturava dois ou três tipos de tóxicos. Fazia muitos anos que estava mais calmo, andava de skate e corria no Parque da Cidade, mas a gente sabia que a doença não tinha cura e a qualquer momento um surto poderia acontecer.

Graziel fotografava o Reginaldo, que comeu mais um pouco do doce de ovos, sorriu, olhando para mim. Sorri para ele. E continuou:

Já dei muito trabalho para a minha mãe. Hoje em dia estou mais sereno e mais compenetrado. Gostei de vir para Flores do Mato Longe e estou achando bonita a Festa do Rosário, mas fico pensando nos festeiros, os reis e as rainhas que são escolhidos para guardar na casa deles a coroa de Nossa Senhora do Rosário. São eles os donos da festa. Oferecem os comes e bebes para os ternos de congada e outros convidados. Eles se tornam uma espécie de governo durante os quatro dias de festa. Ficam poderosos. Por isso, tem gente que deseja ser rei ou rainha, quer sentir o gosto de exercer o poder na cidade, mas não consegue o reinado, porque parece que tem interesse econômico e político na escolha dos festeiros.

Foi instigante o Reginaldo tocar nesse aspecto, coisa que ninguém ousara fazer. Ele também surpreendeu. De novo latiu o cachorro da casa ao lado. Parecia um latido de fome. Vai ver os donos da casa, fervorosos egoístas, só pensavam na Festa do Rosário e deixavam o pobre cachorro à míngua.

Eu com pena do cachorro e contente com as surpresas dos meus irmãos. E o Reginaldo:

Ouvi dizer que tem festeiro que apenas se importa com a tradição vivida em família e não com a fama e o poder.

Ouvi dizer também que tem festeiro que usa esse poder para conseguir coisas não muito dignas do nome de Nossa Senhora do Rosário.

É a natureza humana. Tem gente de toda laia.

Gostei da alvorada, do levantamento dos mastros e da cavalhada no primeiro dia.

No segundo dia teve a procissão grande e a missa na igreja do Rosário.

No terceiro teve a passagem das coroas e o pagamento de promessas.

No último dia teve a descida dos mastros.

Foi tudo muito bonito, fiquei impressionado.

Mas eu gosto de música e sou guloso, então o que mais me atraiu e emocionou mesmo foram a cantoria dos ternos de congado e a comilança oferecida pelos festeiros. Eu me esbaldei de tanto comer. Muita fartura de coisa deliciosa. É uma bondade, como diz a vó Celina.

Cada cantoria linda! Me encantaram demais a dos ternos Caixinha de Bombacho, Congo Penacho, Moçambique, Pérolas do Rosário, Damas de Cristal, Catupé do Pandeiro, Estrela da Guia, Rosas de Ouro e Estrela do Oriente. Estou com as cantorias na cabeça. Acho até que vou conseguir tocar algumas na guitarra. Não tenho paciência de estudar música, já falei, mas desde o primeiro dia comecei a compor uma música inspirada na nossa estada aqui. Estou sem a guitarra, mas consigo compor, já tenho na cabeça a melodia quase toda, os acordes, a batida, o ritmo, o rock e o jazz misturados com o congado.

Meus dois irmãos não acreditam em santos, promessas, nada disso.

Eu não sei se acredito, mas acho impressionante e bonita a tradição da festa. O congado é de origem africana, vem da época dos escravos, fala de fé e esperança do povo negro. Eu sou neto de negros.

A valentia das personagens secundárias **121**

O Reginaldo sacudiu o cabelão, com orgulho.

Espero que o mais importante aconteça, ou seja, que as pessoas participantes da festa se tornem cada vez mais bonitas em sua natureza humana.

Falou "bonitas em sua natureza humana", outro bordão de dona Marcela que agora ele roubava, volta e meia fazia isso, repetia uma frase da nossa mãe, o Graziel e eu já estávamos acostumados.

E continuou:

Por falar em natureza humana, lembro que existem três dorenses famosos: Francisco Campos, Emílio Moura e Waldemar Barbosa. O primeiro foi o redator da Constituição Brasileira de 1937 e do ato institucional 1 do golpe militar de 1964, um advogado e jurista com convicções autoritárias que ficou na história como um dos mais importantes ideólogos da direita no Brasil.

Era inacreditável; antes de viajar, o Reginaldo pesquisara sobre a cidade vizinha de Flores do Mato Longe, Dores do Indaiá, que espalhou pelas redondezas a tradição da Festa do Rosário. O Reginaldo tinha lido na internet e agora se exibia. Com certeza, queria impressionar e seduzir, para disfarçar o problema de cabeça. E continuou:

Emílio Moura é o poeta, o melhor amigo do outro grande poeta mineiro, Carlos Drummond.

A minha mãe sorriu e o Reginaldo:

Waldemar Barbosa foi um grande historiador, escreveu livros importantes sobre a História e a Geografia de Minas Gerais. Olhem só alguns títulos: "A decadência das minas e a fuga da mineração", "O Rosário", "História de Dores" e o meu preferido, escutem bem, "Só mesmo em Dores do Indaiá".

A gente pode dizer: só mesmo em Flores do Mato Longe!

Todos riram um pouco.

Vi que parou de chover.

E o meu irmão caçula:

Viva Santa Efigênia! Viva São Benedito! Viva a música! Viva o bom humor! Que a música e o bom humor nos livrem de preconceitos e desrespeitos.

Vocês me olham espantados.

Pois então. Não sou apenas um músico tímido e guloso. Não sou apenas um jovem com prodilema. Eu leio muito. Não tenho medo de palavras que não conheço. Eu gosto do desconhecido. Viver é um ato dicionário. A gente vai vivendo e descobrindo os sentidos das coisas.

A bisavó dona Francisquinha se afastou do bisavô senhor Oliveira, andou rápida e siligristida, nem parecia que já tinha mais de cem anos, aproximou-se do bisneto e abriu os braços para ele, que a abraçou forte, ficou abraçado a ela por longos minutos de um silêncio calmo e confortável que se espalhou por todo o alpendre. A dona Marcela não imaginara isso. Eu nem me atreveria a sugerir no roteiro. Mas houve aquele abraço demorado. Houve o olhar calmo e confortável de todos, como se nos braços da bisavó os outros braços também coubessem. Cabiam. Contra toda a expectativa. Só mesmo em Flores do Mato Longe. Milagre de Nossa Senhora do Rosário, muitos diriam. Para mim, era milagre das palavras.

Fabiano

Tia Marcinha me trouxe café. *Bebi um pouco e:*
Quando prometi para a minha mãe que eu ia organizar o encontro, ela não acreditou. Achou que era mais um blefe. Já prometi muita coisa e não cumpri, mas, desta vez, eu mesmo fiquei fascinado com a ideia de encontrar várias pessoas da nossa família, todo mundo reunido em Flores do Mato Longe, na semana da Festa do Rosário.

Sou alucinado com família. Em geral os jovens têm horror a família reunida, mas eu acho ótima essa mistura. Fico observando cada um, vendo o que tem de tia Marta na tia Marcinha, o que tem de tia Rúbia no tio Antonísio, o que tem de bisavô Olímpio na vó Celina e assim por diante.

A minha mãe teve a ideia do encontro, mas quem cuidou dos detalhes fui eu. Surpreendi a dona Marcela, que me deu o nome de Fabiano por causa do livro "Vidas secas". Vou fazer um filme-documentário com tudo o que coletei nesses dias aqui em Flores. Vai ser a minha vingança pela dor nos pés.

Olhei para o meu irmão caçula, que agora cuidava do tripé e da filmadora, eu bem sério, e disse:

O Reginaldo trouxe meias nem muito claras nem muito escuras e fez as fotos.

Eu sabia que quaisquer palavras, ditas de modo sério, faziam o Reginaldo encasquetar, imaginar perseguições e tragédias. Imaginar era o que ele mais fazia e com certeza era um modo de se tratar. Mas agora ele me fitava com angústia e medo. Eu gostava de me sentir o irmão perverso. Era uma sensação ruim e boa ao mesmo tempo. Ser humano é ser estranho. E retomei o assunto filme:

Fiz questão de eu mesmo entrevistar cada um, para ver o olhar de cada um, para imaginar a luz que eu poderia jogar. Com base no material, a minha mãe vai escrever uma peça de teatro ou, talvez, seu primeiro romance.

A tragédia que aconteceu com a vó Celina e o vô Mauro, no dia 21 de abril de 1961, quando Brasília completava um ano de existência, sempre me interessou. A minha mãe contava e eu queria ouvir de novo, quinhentas vezes.

As pessoas da família não sabem ou não querem dar detalhes. Mas eu estou aqui para esclarecer.

Observei cada um dos parentes, mais uma vez. Eu quase podia ouvir o coração de cada um. De súbito, meus pés não doíam nada, que bênção, que milagre, que coincidência, que maravilha do acaso, e continuei:

Brasília completava um ano de inaugurada. Meu vô Mauro e minha vó Celina comemoravam doze anos de casados. Para o almoço de comemoração, a minha vó tinha feito arroz com açafrão, frango, feijão roxinho, couve cortada bem fininha e refogada, salada de tomate com salsinha, quiabo e angu. De sobremesa, arroz-doce. Por falar em arroz-doce, o da minha vó Celina é o mais gostoso que já experimentei.

Meus tios, naquela época seis crianças pequenas, estavam com fome e não viam a hora de começar a almoçar. A minha mãe estava em Andrelândia, sul de Minas, fazendo o curso de admissão. Depois de terminar o curso primário, ela fez esse curso de admissão ao ginásio, coisa que não existe mais.

A mesa estava posta com travessas, jarra de água, copos, pratos e talheres. Ao redor, a tia Rejane, a tia Rúbia, a tia Marcinha, o tio Túlio, o tio Muriel e o tio Estênio. Os seis já com muita fome. Cadê a dona Celina que não vem? Cadê o seu Mauro? Os seis esperavam ao redor da mesa. E nada da mãe nem do pai deles. Embora os dois estivessem ali perto havia poucos minutos.

Os seis filhos pequenos ao redor da mesa. Os seis à espera do almoço e da sobremesa.

Então a tia Rúbia achou melhor ir para a cozinha e ver o que estava acontecendo. A tia Rúbia sempre foi a primeira a tomar expediente das coisas. Ela adora descobrir e resolver problemas. A tia Marcinha foi com ela, porque a tia Marcinha sempre gostou de ajudar a resolver problemas. O tio Túlio ficou quieto, olhando para o arroz-doce. O tio Estênio, ainda muito novinho, engatinhava no chão da copa. O tio Muriel cuidava dele. A tia Rejane cruzou os braços, impaciente.

A tia Rúbia entrou na cozinha acompanhada da tia Marcinha. As duas viram e ouviram a promessa da tragédia.

As duas viram e ouviram a minha vó Celina, de um modo claro e triste, dizer que a festa de aniversário de casamento encerrava ali. Que ela nem entraria na copa. Abro parênteses aqui para explicar que na época os meus avós falavam que na casa deles tinha uma copa, além da cozinha e da sala. Hoje a gente diria sala de jantar, eu acho. Eles diziam copa. Serviam a comida na copa. Bom, a vó Celina disse: você, Mauro, guloso como sempre, pode ir lá para a copa e comer com os meninos! Podem comer tudo! Eu vou ficar na cozinha, sozinha e infeliz, até anoitecer. Quando anoitecer, vou lavar as vasilhas. Em seguida, vou tomar um banho. Depois do banho, vou dormir para sempre.

O que significava dormir para sempre? Isso o vô Mauro perguntou a ela, várias vezes. E ela apenas dizia: dormir para sempre. Você não sabe o que é dormir para sempre? Se não sabe, olha no dicionário.

O vô Mauro parou de perguntar o que significava dormir para sempre. Ele sabia muito bem o que é dormir para sempre.

A tia Rúbia e a tia Marcinha arregalaram os olhos. Entenderam fulminantemente que a mãe estava dizendo que iria se matar naquela noite. Decerto a mãe estava sofrendo muito por causa de um problema sério e achava melhor acabar com tudo de uma vez.

A tia Marcinha e a tia Rúbia pensaram nos irmãos pequenos. Tão pequenos e já sem mãe. Mas as duas não conseguiam aluir do lugar. Não davam um passo sequer. Apenas olhavam para a mãe, que repetiu mais uma vez: depois do banho, vou dormir para sempre. Repetiu tendo plena visão de que as filhas Rúbia e Marcinha presenciavam a promessa de morte. Decerto se valia da valentia das filhas.

Acabou que a tia Rúbia e a tia Marcinha voltaram para a copa e ficaram olhando para os irmãos menores. Eles tinham suportado a fome o mais que puderam, mas já estavam comendo. Já estavam rindo e conversando.

Então as duas ficaram olhando para os irmãos menores. Que eles comessem bastante, o tanto que quisessem. O pai veio da cozinha e almoçou também. Cabisbaixo, mas "guloso como sempre". O pai e os irmãos menores deixaram as travessas vazias.

A tia Marcinha e a tia Rúbia sabiam que a mãe se mataria naquela noite. Com veneno ou enforcada, alguma coisa assim. Também podia ser que a mãe pegasse o revólver que o pai guardava no cofre, pensasse pela última vez no segredo que jamais seria revelado e ato contínuo daria um tiro na boca ou no coração.

Elas não sabiam como, mas sabiam que.

Não deram conta de comer nada.

A valentia das personagens secundárias

Mais tarde, enquanto dormiam, todos os irmãos juntos no mesmo quarto daquele barraco de tábua, a tia Rúbia e a tia Marcinha sabiam que, ao lado, depois do estreito corredor, a mãe começava a dormir para sempre.

Elas dormiram mal. O tempo todo acordando e lembrando que a mãe iria dormir para sempre, ficar num caixão, ser enterrada com a última roupa neste mundo. Antes, teria lavado as vasilhas e estaria de banho tomado, as filhas lembravam de cada detalhe.

Quando amanheceu, a tia Rúbia foi ver a tragédia. A tia Marcinha seguiu atrás, sempre querendo ajudar.

A mãe estava na cozinha, coando café e fritando biscoitos de polvilho.

As duas ficaram um pouco decepcionadas. Não havia acontecido tragédia nenhuma. Naquela casa ninguém estava dormindo para sempre. O cheirinho gostoso do café e o dos biscoitos de polvilho eram a prova de que a vida tivera a preferência.

O que será que tinha feito a mãe querer se matar? Que terrível motivo era esse? Não saberiam, segredo para sempre. O que sabiam é que a vida tivera a preferência.

Um pouco decepcionadas, mas felizes, a tia Marcinha e a tia Rúbia foram arrumar a mesa para o café da manhã.

No mesmo dia, a tia Rúbia escreveu uma carta para a minha mãe, que estava no colégio das irmãs sacramentinas em Andrelândia. A tia Rúbia contou sobre a tragédia que não aconteceu, mas que poderia ter acontecido. Só não aconteceu por milagre. Milagre do Sagrado Coração de Jesus. A minha vó Celina sempre encontrou forças ao rezar o terço diante do Sagrado Coração de Jesus. Eu não acredito em milagre assim, mas respeito a fé da minha vó Celina e admiro a sua dignidade.

Lá em Andrelândia, a minha mãe leu a carta. Ficou um pouco decepcionada também. Afinal, uma tragédia dá mais verdade a uma história de família. Mas ficou feliz, porque não perdera a mãe tão cedo.

Observei atentamente cada um dos parentes. Neles havia também decepção e alívio. Éramos iguais no mais importante. Éramos o pó das estrelas.

O tempo foi e passou. A minha mãe teve a ideia de reunir a família aqui em Flores do Mato Longe. Ela queria esclarecer a história da tragédia, porque, no ir e vir das conversas, acabou que a tia Marcinha e a tia Rúbia, ainda meninas, resolveram falar em tragédia no dia do primeiro aniversário de casamento da vó Celina e do vô Mauro em Brasília. Começaram a contar que aconteceu uma tragédia muito grande naquele dia. Cada um começou a imaginar a tragédia que quis. Em pouco tempo, a família inteira falava na tragédia, mas poucos se atreviam a esmiuçar o assunto e esclarecer o que de fato aconteceu.

Coube a mim, o neto mais velho, falar sobre o infortúnio da minha vó. Contar que ela decidiu se matar naquela noite. Que ela queria morrer, dormir para sempre. Que até avisou para o meu vô Mauro.

Que ela mudou de ideia.

Que, de manhã bem cedo, coou café e fritou biscoitos de polvilho.

Que na nossa família sempre tem uma valentia.

Que a tia Rúbia e a tia Marcinha gostam de contar tragédias.

Que algumas tragédias acontecem de fato na nossa família.

Que as tragédias que não se cumprem, cumprem o destino de nos preparar para as tragédias que se cumprirão.

E afianço mais: se a minha avó é costureira, a minha mãe também é costureira.

As duas cortam e costuram.

A bem da verdade, aqui nesse encontro, todo mundo cortou e costurou.

Respirei fundo. Senti que me vingara da terrível dor nos pés que já havia voltado, fincava, latejava, me exasperava. Bebi o último gole do café e pousei a xícara no muro de cimento vermelhão. Eu me levantei um pouco, movimentei as pernas e alonguei os pés. Lembrei de novo que um dia todos estaríamos mortos, tornei a me sentar e sorri. Ainda estávamos todos vivos, ainda doía tanto. Estaríamos sempre vivos num resto de memória, num sonho, num filme, numa peça de teatro, num livro, na assombrosa e bela pergunta.

Personagem secundária, mas rebelde e valente, mudo o roteiro, sou o jovem artista e suas lentes perigosas. Vejam, ainda estamos no casarão. Ainda precisamos que alguém morra. Alguém vai ter que morrer. O Fabiano imaginava que seria dele a fala final, menosprezou a frase "na nossa família sempre tem uma valentia". Desde que chegamos ao casarão, vocês ouviram falar em tragédia. Pois bem, vou providenciar a tragédia que faltou.

Com o veneno para ratos que a bisavó dona Francisquinha faz questão de guardar numa prateleira da despensa.

Ontem, ao me ver descendo os cinco degraus da cozinha, ela disse com a pequena caixa na mão:

— Olha, Reginaldo. Tempero novo que a Natércia acabou de trazer. Fala para a Marta usar no frango caipira, está bem?

Eu olhei para a caixa e li "veneno para ratos". Abri a tampa e vi os vários torrões verdes de um anticoagulante que, dependendo da dose, pode causar graves hemorragias internas e levar à morte, tudo isso explicado na tampa mesmo. Não sei vocês, mas eu gosto de imaginar uma bisavó empenhada numa vingança antiga. Vai ver, decidira bater mortalmente no tio Joanésio, que nem sempre disfarçava o incômodo de respirar no mesmo recinto em que andava de um lado para o outro um jovem artista de cabelo desaforado. Ela não tinha coragem, mas sabia que eu teria, então passou o bastão da vingança para mim? Será que ela pensou: isso é trabalhinho perfeito para a própria vítima, o rapaz do prodilema de cabeça.

Talvez ela apenas estivesse embaralhada das ideias nos seus mais de cem anos de empreitada, ela que de repente dizia "tem doce de mamão que a Natércia acabou de trazer", mas, como tragédia é paixão principal, preferi pensar que ela queria matar a família inteira. Então eu disse:

— Pode deixar, bisa. Eu entrego para a tia Marta. — Meu jazz e meu rock, ainda acrescentei: — Vai ser o melhor frango caipira da nossa vida, vai todo mundo morrer de tanto comer.

Ela riu. E seria ótimo que tivesse pensado: todo mundo, pois é; por causa do Joanésio, vai se vingar de todo mundo; não posso fazer nada quanto a isso. Eita diacho. E foi para o quintal, decerto iria fazer xixi, jorraria na terra batida a água quente, ela escondida atrás de um pé de manga. Talvez uma bisavó sempre queira fazer xixi no mato, por vingança e liberdade.

Eu fui para o quarto e guardei a pequena caixa mortífera na mochila. Eu me organizei. Então agora basta eu lembrar que os ratos gostam de ruínas, até fazem questão, não querem restaurar, não, não vamos gastar dinheiro à toa, nem moramos nesta biboca, vender não vale a pena nesses tempos de crise. Quem quiser que cuide do casarão num futuro bem distante.

Oportuno veneno misturado no último almoço juntos, a rataria morreria aos poucos, dentro de horas ou dias, vai depender do estado de saúde. Por culpa das sobrancelhas de Monteiro Lobato, do paletó encardido, do tio que entrou no armazém e tirou tudo que tinha dentro, que odeia o jovem de cabelo crespo de pontas enroscadas, vai haver a vingança, a família inteira de ratos-de-paiol vai ser dizimada, menos a bisavó e eu. Ela que pretende viver mais uns dez anos e eu que pretendo terminar de compor a música iniciada aqui. Eu teria que providenciar um prato separado para mim e outro para ela, teria que ter sangue-frio, dispor de um tempo plausível, saber macerar e misturar o veneno na comida, sem que ninguém desconfie.

Alguém vai morrer, alguém vai ter que morrer.

Preciso pensar nos detalhes.

Talvez a mais secundária seja a Amparo e dela ninguém desconfiaria. A lavadeira se aproximaria de uma das redes, e pensando "vou dar o amparo que você merece", balançaria com raiva e toda a força, bem rápido, para que alguém caia, bata a cabeça no chão e morra na hora, feito um lençol batido na pedra do tanque.

O sonho da vingança era antigo, o motivo era antigo, bacia com roupa de molho no sabão e água sanitária, mas o motivo e o sonho sabiam a hora certa de enxaguar e pendurar as cortinas da maior tragédia dessa família.

Por isso, não se importou de dormir numa cama de campanha, não se queixou de mais uma vez receber tão pouco pelo muito trabalho, não fez cara feia ao esquecerem de guardar para ela a sobremesa — esqueceram ou fizeram de conta que esqueceram? Raciocinem comigo, tantas vezes ela ficou sem sobremesa, mas nunca deixou de conversar com doçura e calma, teve toda a calma, ajudou todo mundo, sorriu, afagou, ela era a Maria do Amparo.

Ela era quase da família.

Ela também tem valentia.

Vou para a rua.

Ando de um lado para o outro.

Tropeço em ratos agonizantes pela rua inteira.

Volto correndo para casa, encontro a bisavó cochilando numa das redes do alpendre, ainda não chegou a hora, atravesso a sala, o corredor, e mais uma vez os degraus que levam à cozinha.

Sem que ninguém desconfie.

Um prato de sangue-frio separado para mim e outro para a velhinha que faz xixi em pé no meio do mato.

Vou ao quintal e observo o Tiãozinho cuidando da horta. Curvado sobre os canteiros, movimenta-se agachado de lá para cá, ajeita o chapéu, arranca um tufo seco, afofa a terra, põe adubo.

— Oi, Tiãozinho.

— Oi, Reginaldo. Veio se despedir das plantas?

— E de você.

— Nunca mais a família vai se reunir desse jeito!

— Bem provável.

Não espero que se levante, bato a mão de leve no ombro dele e tchau, tudo de bom, continue o seu trabalho, até qualquer dia. Até parece que vou querer voltar a esse lugar sem sinal de internet, sem celular, sem videogame, sem guitarra, sem um banheiro exclusivo. Cordas de preguiça de conversar olhando no olho, de tocar e sentir as pessoas. Ruínas em forma de pessoas.

Entreaberta a porta da lavanderia, apoio o rosto no umbral e observo a Amparo terminando de passar roupa.

— Oi, Reginaldo.

Vejo blusas e saias.

— De quem?

— Da atriz.

A prima Jaciara. A louca da casa bem que poderia ser a minha coadjuvante no ato dramático dos torrões verdes macerados e misturados no último almoço da família reunida. O prato dela também seria poupado. Os dois loucos da casa ririam alto. A dona Marcela, a dramaturga, seria a homenageada pela ironia da vida. Ela não vivia dizendo que o riso e a ironia são fundamentais?

Não me despeço da Amparo, imagino que ela ainda vai entrar nos quartos, vai conversar e sorrir, ninguém nunca vai saber que viviam dentro dela o motivo e o sonho de alguém ser sacudido com raiva e toda a força, cair da rede e rachar a cabeça no chão. Ela não imagina que eu também tenho motivo e sonho.

Preciso pensar nos detalhes.

Encontro na varanda o lábio leporino e o futebol. Arrisco a transparecer que não sou tão tímido:

— Falta pouco para a gente ir embora!

O futebol me olha de lado:

— Só falta o apito final.

O lábio sorri simpático:

— Vamos sentir saudade.

Eu concordo anuindo a cabeça, para frente e para trás, várias vezes, depois me afasto, entro na cozinha e vejo a prima que, mastigando chiclete sem parar, termina de enxugar pratos e talheres.

— Aposto que a sua mala já está pronta, Reginaldo. Você é o mais organizado de todos.

Sorrio para ela, finjo que não sinto nojo do chiclete, não me lembro de já ter almoçado hoje, não, ainda não foi o almoço, planejei de combinar tudo com a Jaciara, é claro que ainda não aconteceu o último almoço da família reunida, foi só uma merenda, talvez mingau de milho verde, eu não estou fora de mim, não é um surto, a prima que masca chiclete começa a guardar pratos e talheres, quero sumir da cozinha, subo os degraus que levam ao corredor.

De uma frincha da porta, avisto a prima que não gosta de tomar banho. A tia Rejane ajeita coisas numa sacola e a filha enrola uma mecha de cabelo entre os dedos, leva o feixe de fios até o nariz e fica cheirando.

Essa prima vai morrer.

Preciso pensar nos detalhes, então vou rápido para o meu quarto, vou olhar para o teto e organizar, eu sou o mais organizado de todos.

Os meus irmãos não estão no quarto, mas eles são assim mesmo, sempre arrumam a mala na última hora, socam tudo de qualquer jeito, dá até gastura, eu gosto de arrumar a mala com cal-

A valentia das personagens secundárias **135**

ma, com paciência, com todo o cuidado, eu não trouxe a guitarra, ainda bem, porque seria complicado viajar com ela, daria muito trabalho, estou com saudade dela, mas foi melhor assim, ainda mais que não gosto de tocar para os parentes. A minha mãe: leva a guitarra, filhão! Vai ser lindo você tocar para a família toda! O seu bisavô Olímpio vai ficar muito orgulhoso, você herdou o sangue de artista dele. E eu: não vou levar, não. Gosto de tocar sozinho, você sabe, mãe. A dona Marcela insistiu: precisa acostumar com plateia. E eu fechei a questão: preciso me sentir bem.

Tiro da mochila a pequena caixa mortífera e a enfio num dos bolsos do bermudão. Que maravilha de torrões verdes. Com a assessoria da prima louca ou sozinho, não importa, vou macerar e espalhar na comida.

Saio do quarto para ver se encontro os meus irmãos. Procuro em todos os cômodos. A minha mãe conversa com a tia Marta no quarto dela e me diz: vai ver, o Graziel e o Fabiano saíram de carro, vão chegar em cima da hora, vão arrumar a mala daquele jeito que a gente sabe, como sempre.

Como sempre, fico ansioso e preocupado. Por que meias nem muito claras nem muito escuras? Qual o sentido disso? Ou foi apenas outra maldade do Fabiano? Ele gosta de me impressionar. Ele me persegue e me provoca. Inventa frases sem pé nem cabeça, mas com fachada de importância, apenas para me atarantar ainda mais. Então é assim; parabéns, Fabiano. Vai ficar livre da dor nos pés para sempre. Pensava que ia filmar e editar do jeito que queria? Que definiria sozinho quem é personagem principal e quem é secundária? E que sendo secundária, se dane? Levou quem trouxe, irmão. Na nossa família sempre tem uma valentia. Volto para o nosso quarto, fecho a mala e a mochila, saio e vou indo pelo corredor em direção ao alpendre, sou atraído pelo alpendre, a dona Marcela é fascinada por alpendre, não tem escapatória, toda peça de teatro dela tem alpendre.

Mas, antes, preciso combinar tudo com a Jaciara. E tem que ser rápido, aposto que já estão começando a preparar o último almoço.

"Vamos reaproximar a nossa família? Por parte de pai. Espero que responda."

Na penumbra do corredor a Alexandra me espera.

— Oi, fotógrafo.

— Oi, prima.

De short jeans curtíssimo e blusinha de malha preta, sorri para mim, avoada e sem ressentimento. Depois, diz:

— Talvez eu mereça um último beijo.

Apoio a bagagem na parede e tenho medo de que um último beijo me marque para o resto da vida. Sei lá, nada garante que eu não me apaixone pela Alexandra, simplesmente porque houve um último beijo na penumbra do corredor desse casarão em ruínas.

Se também estou em ruínas.

Se essas flores que caem e caem e caem não param de fazer um tapete frágil onde eu piso e cuspo sem nenhum remorso.

Tenho medo, mas ergo entre as mãos o pequeno rosto da Alexandra e a beijo na boca, beijo e beijo esquecido de que tenho medo.

— Se beija assim, imagina como devem ser as outras coisas.

Ela comenta, arfante e sonhadora.

Ela que antes do meio-dia não existe. E já sei o porquê. Nem precisei investigar. Eu já sabia que a tia Marcinha não teve filhos, encontrou a Alexandra com quatro anos de idade zanzando numa rua em Belo Horizonte, alguns meses depois conseguiu a adoção. A Alexandra é a única sobrevivente de um incêndio no barraco onde a família dormia. Foi um incêndio criminoso, gente sem alma e que só pensa em dinheiro mandou tacar fogo nos barracos de um morro em Belo Horizonte. Ontem eu escutei a tia Marcinha comentar com a minha mãe: Marcela, você tem uma companheira de paixão pelos livros, a Alexandra. Sabia que às nove da noite ela se enfurna dentro do quarto e fica lendo até às três da manhã? Tem vez que só para de ler quando o dia está raiando. Ela estuda de tarde, claro, nunca pude matricular a Alexandra no turno da manhã.

Beijo de novo a leitora inveterada, a sobrevivente, beijo agora com mais intensidade, pressiono as mãos no cabelo dela, perto da nuca, ela ergue a minha camisa por trás e pressiona as mãos nas minhas costas e continuamos a nos beijar na boca.

Se tudo continua e acontecem as outras coisas.

Se ela é a minha guitarra.

Se mais e mais outras coisas na penumbra do corredor desse casarão em ruínas.

Se foi preciso que uma tragédia reunisse a família.

Se o bisavô Olímpio me chamasse de artista.

Se olhos negros fossem tão amados quanto olhos azuis ou verdes.

Se a bisavó dona Francisquinha palestrasse bem séria: vocês comeram muita goiaba verde e ficaram com o intestino preso, só pode ter sido isso para terem ficado tão enfezados! Não admito racismo com o meu bisneto! Ara, mas tá, quem inventou essa história vergonhosa trate de se livrar dela! Criaram o problema? Acabem com o problema! Os negros não têm culpa nenhuma dessa desumanidade. E aprendam, seus enfezados, racismo é crime.

Se de vez em quando é preciso incendiar, ninguém é bombeiro o tempo todo, tem hora que a vida exige luta e reviravolta.

Se a bisavó dona Francisquinha é mais moderna do que alguns jovens.

Se a minha mãe e os meus irmãos já estiverem no alpendre.

Se os meus irmãos ainda não tiverem voltado.

Se aconteceu tragédia com os meus irmãos.

Se em vez do encontro com a Alexandra, o que acontece mesmo é o veneno macerado e espalhado, como se molho verde fosse, nos pratos dos ratos destinados a morrer.

A Jaciara e eu cuidamos dos detalhes.

Mas agora preciso saber se tem doce de mamão que a Natércia acabou de trazer.

Preciso tocar a Alexandra.

Ainda é cedo para o último almoço, preciso fazer a minha música, talvez a nossa família tenha na arte a principal maneira de ser feliz.

Continuem comigo no casarão, somos infelizes à nossa maneira, teremos a tragédia que faltou.

Mas, que cordas de preguiça, que fome e que sede, o que será que está acontecendo?

"Vamos reaproximar a nossa família? Por parte de pai."

Se alguém entrar e nos vir.

Se a Alexandra e eu fizermos todas as outras coisas aqui mesmo na penumbra do corredor desse casarão em ruínas.

Se eu fingir que amo.

Se eu também não der conta de administrar os sentimentos.

Se das minhas mãos sair tragédia.

Se apenas a Alexandra morrer.

Se em seguida eu me livrar da Alexandra.

Não deixar vestígios.

Não restar nenhuma sobrevivente.

Se todos nunca mais tiverem notícias.

Se eu sou ruínas.

Vocês viram a Alexandra? Quem sabe da Alexandra? Perguntaria a tia Marcinha, desesperada.

Mas eu trouxe meias nem muito claras nem muito escuras e tá caindo flor, tá caindo flor, enfiei a pequena caixa mortífera bem no fundo da lata de lixo, nem cheguei perto da Jaciara hoje, na nossa família sempre tem uma valentia.

Apareço de mãos dadas com a Alexandra no alpendre.

Ela é a sobrevivente. Igual a Cecília Meireles e a vó Celina, ela tem uma área mágica.

Ela é a minha namorada.

Exijo respeito, ela é a menina mais merecida de respeito que eu conheço, porque antes e depois do meio-dia ela existe, sim, e tem coragem de enfrentar qualquer coisa. Ela me inspira. Vou responder à mensagem da tia Cristina. Vou querer o almoço da tia por parte de pai. Vou beijar os avós e ouvir as histórias de escravidão e liberdade por parte de pai. Vou abraçar a inconsistência por parte do pai. Vou administrar Oliveira e Gomes. Se vou marcar consulta com o psiquiatra para saber se posso continuar sem nenhum remédio, "não sou fã de remédios, só tomo em último caso, mas é bonito ver que a medicina pode fazer a mágica de melhorar a vida", não sei, tio Muriel, não sei.

Nesses últimos instantes de pétalas de flores que não param de cair.

Continuo de mãos dadas no alpendre.

Se alguém tinha que morrer, morreu o Reginaldo, que dizia: jamais vou andar de mãos dadas com namorada, acho cômico demais.

Tá no céu, tá na terra, tá caindo flor.

Me apaixonar é uma tragédia.

Todos querem tragédia.

Os meus irmãos vêm vindo e olham para as nossas mãos dadas, as nossas cômicas, trágicas e jovens mãos dadas.

Desculpem o transtorno.

Se das mãos do artista sai outra coisa que a Gertrudes nem imagina, que a Natércia não lembre de trazer, talvez a restauração da valentia de andar num tapete de espinhos. Talvez a beleza da loucura de existir. Talvez um vento de vingança. E nele voam pétalas.

Pétalas são vocês. E voam livres.